U0143764

蔡义江 著

曹雪芹與紅樓夢

商務印書館
The Commercial Press
创于1897

目 录

曹雪芹与《红楼梦》 …………………………………… 1

曹雪芹笔下的林黛玉之死 ………………………………… 6

曹雪芹原作为何止于七十九回？ ………………………… 24

畸笏叟应是曹雪芹的父亲曹頫 …………………………… 30

解读脂评「索书甚迫」条 ………………………………… 47

《红楼梦》续作与原作的落差 …………………………… 54

曹雪芹与《红楼梦》

《红楼梦》是中国古典长篇小说中最优秀的作品，是悠久、灿烂的中华文化的杰出代表，是世界文学宝库中的珍品，也是我们伟大的中华民族的骄傲。

《红楼梦》故事被作者曹雪芹隐去的时代，其实就是他祖辈、父辈和他自己生活的时代，即清康熙、雍正、乾隆三朝。这是我国最后一个封建王朝——大清帝国的鼎盛时期。然而，在国力强大、物质丰富的"太平盛世"的表象背后，各种隐伏着的社会矛盾和深刻危机，正在逐渐显露出来。封建社会的经济基础已日益腐朽。封建伦理道德的虚伪、败坏，政治风云的动荡、变幻，统治阶层内部各政治集团、家族及其成员间兴衰荣辱的迅速转递，以及人们对现存秩序的深刻怀疑、失望等等，都说明封建社会的上层建筑也在发生动摇，正逐渐趋向崩溃。这些都是具有典型性的时代征兆。作为文学家的曹雪芹是伟大的，他以无可比拟的传神之笔，给我们留下了一幅有封建末世社会重要时代特征的、极其生动而真实的历史画卷。

曹雪芹（1725—1764），名霑，他的字号有雪芹、芹圃、芹溪、梦阮等。他的祖上明末前居住在辽宁，在努尔哈赤的后金兵掠地时，沦为满洲贵族旗下的奴隶，并扈从入关。清开国时，曹氏归属正白旗，为内务府包衣（意即皇室之家奴），渐与皇家建立起特殊亲近的关系。曾祖曹玺之妻孙氏，当过康熙保姆，后被康熙封为一品太夫人；祖父曹寅文学修养很高，是康熙的亲信；伯父曹颙、父亲曹頫相继任袭父职，三代四人前后共做了五十八年的江宁（今江苏南京）织造。康熙南巡，以江宁织造署为行宫，曹寅曾亲自主持接驾四次。所以曹家在江南是个地位十分显赫的封建官僚大家庭。雍正即位后，曹家遭冷落，曹頫时受斥责。雍正五年（1727）末、六年（1728）初，曹頫因"织造差员勒索驿站"及亏空公款等罪，被下旨抄家，曹頫被"枷号"，曹寅遗孀与小辈等家口迁回北京，靠发还的崇文门外蒜市口少量房屋度日。曹家从此败落。其时，曹雪芹尚在幼年。

此后，在他成长的岁月中，家人亲友常绘声绘色地讲述曹家昔日的盛况，这定会不时激起他无比活跃的想象力，令他时时神游秦淮河畔老家已失去了的乐园。此外，当时统治集团由玉堂金马到陋室蓬窗的升沉变迁，曹雪芹所见所闻一定也很多，"辛苦才人用意搜"，他把广泛搜罗所得的素材，结合自家荣枯的深切感受，加以酝酿，便产生了强烈的创作冲动，一部描绘风月繁华的官僚大家庭到头来恰似一场幻梦般破灭的长篇小说构思就逐渐形成了。

《红楼梦》创作开始时，雪芹年未二十，创作此书，他前后花了十年时间，经五次增删修改。在他三十岁之前，全书除有少数章回未分定、因而个别回目也须重拟确定、以及有几处尚缺诗待补外，正文部分已基本草成（末回叫"警幻情榜"），书稿匆匆交付其亲友畸笏叟、脂砚斋等人加批誊清。最后有十年左右时间，雪芹是在北京西郊某山村度过的。不知是交通不便，还是另有原因，他似乎与畸笏叟、脂砚斋等人极少接触，也没有再去做书稿的扫尾工作，甚至没有迹象表明他审读、校正过已誊抄出来的那部分书稿，也许是迫于生计只好暂时辍笔先作"稻粱谋"吧。其友人敦诚曾写诗规劝，希望他虽僻居山村，仍能继续像从前那样写书："劝君莫弹食客铗，劝君莫叩富儿门。残杯冷炙有德色，不如著书黄叶村。"（《寄怀曹雪芹》）

不幸的事发生了：《红楼梦》书稿在加批并陆续誊清过程中，有一些亲友争相借阅，先睹为快，结果八十回后有"卫若兰射圃""狱神庙慰宝玉""花袭人有始有终""悬崖撒手"等"五六稿被借阅者迷失"。这五六稿据脂批提到的内容看，并非连着的，有的较早，有的很迟，其中也有是紧接八十回的（当是"卫若兰射圃"文字）。这样，能誊抄出来的就只能止于八十回了。"迷失"不同于焚毁，它是一个难以确定的、逐渐失去找回可能性的漫长过程。也许在很长时间内，加评、誊抄者并未明确告诉雪芹这一情况，即使他后来知道，也会抱很可能失而复得的侥幸心理，否则他在余年内又何难补作！光阴倏尔，祸福无常，雪芹穷居西山，唯一的爱子不幸痘殇，"因感伤成疾"，"一病无医"，绵延"数月"，才"四十年华"的伟大天才，竟于乾隆二十九年甲申春（1764 年 2 月 2 日后）与世长辞。《红楼梦》遂成残稿。尚未抄出的八十回后残留手稿，原应保存于亲人畸笏叟之手，但个人收藏又哪能经受得起历史长河的无情淘汰，终于也随这位未宣布身份的老人一起消失了。曹雪芹死后不到三十年，程伟元和高鹗整理、补足并刊刻付印了由不知名者续写了后四十回的《红楼梦》一百二十回本。从此，小说才得以"完整"面目呈现于世。

《红楼梦》版本，也就因此分为两大类：一是至多存八十回、大都带有脂评的抄本，简称脂本；一是一百二十回、经程高二人整理过的刻本，简称程高本或程本。我们见到影印出版的如《脂砚斋重评石头记》《戚蓼生序本石头记》等均属脂本，排印出版的如《三家评本红楼梦》《八家评批红楼梦》等均属程本，近人校注的《红楼梦》，选脂择程作为底本的都有。脂程二本相比较，脂本的优点在于被后人改动处相对少些，较接近原作面貌，所带脂评有不少是了解《红楼梦》和曹雪芹的重要原始资料；欠缺之处是只有八十回，有的仅残存几回、十几回，有明显抄错或所述前后未一致的地方，特别是与后四十回续书合在一起，有较明显的矛盾抵触。程本的好处是全书有始有终，前后文字已较少矛盾抵触，语言也流畅些，便于一般读者阅读；缺点是改动原作较大，有的是任意妄改，有的则为适应续书情节而改变了作者的原意。

《红楼梦》得以普及，将续作合在一起的程本功劳不小，但也因此对读者起了影响极大的误导作用。续书让黛玉死去、宝玉出家，能保持小说的悲剧结局是相当难得的；但悲剧被缩小了、减轻了，性质也在一定程度上改变了。曹雪芹原来写的是一个富贵荣华的大家庭因获罪被抄家，终至一败涂地、子孙流散、繁华成空的大悲剧。组成这大悲剧的还有众多人物各自的悲剧，而宝黛悲剧只是其中之一，虽则是极重要的。整个故事结局就像第五回《红楼梦曲·收尾·飞鸟各投林》中所写的那样：食尽鸟飞，唯余白地。至于描写包办婚姻所造成的悲剧，在原作中也是有的：由于择婿和择媳非人，"卒至迎春含悲，薛蟠贻恨"。作者的这一意图已为脂评所指出，只是批判包办婚姻并非全书的中心主题，也不是通过宝黛悲剧来表现的。

《红楼梦》是在作者亲见亲闻、亲身经历和自己最熟悉的、感受最深切的生活素材基础上创作的。这在中国古典长篇小说史上还是第一次。从这一点上说，它已跨入了近代小说的门槛。但它不是自传体小说，也不是小说化了的曹氏一门的兴衰史，虽则在小说中毫无疑问地融入了大量作者自身经历和自己家庭荣枯变化的种种可供其创作构思的素材。只是作者搜罗并加以提炼的素材的来源和范围都要更广泛得多，其目光和思想，更是及于整个现实社会和人生。《红楼梦》是在现实生活基础上最大胆、最巧妙、最富有创造性和想象力的艺术虚构。所以它反映的现实，其涵盖面和社会意义是极其深广的。

贾宝玉常被人们视为作者的化身，以为曹雪芹的思想、个性和早年的经历，便与宝玉差不多。其实，这是很大的误会。作者确有将整个故事透过主人公的经历、感受来表现的创作意图（所以虚构了作"记"的"石头"，亦即"通灵宝玉"，随伴宝玉入世，并始终挂在他的脖子上），同时也必然在塑造这个人物形象时，运用了自己的许多生活体验，但毕竟作者并非是照着自己来写宝玉的。发生在宝玉身上的事和他的思想性格特点，也有许多根本不属于作者。贾宝玉只是曹雪芹提炼生活素材后，成功地创造出来的全新的艺术形象。若找人物的原型，只怕谁也对不上号，就连熟悉曹家和雪芹自幼情况的批书人也看不出贾宝玉像谁，他说："按此书中写一宝玉，其宝玉之为人，是我辈于书中见而知有此人，实未目曾亲睹者。……合目思之，却如真见一宝玉，真闻此言者，移之第二人万不可，亦不成文字矣。"（第十九回脂评）可知，宝玉既非雪芹，亦非其叔叔。其他如林黛玉、薛宝钗，脂砚斋以为"钗、玉名虽二个，人却一身，此幻笔也"（第四十二回脂评）。此话无论正确与否，也足可证明钗、黛也是并非按生活原型实写的艺术虚构形象。

《红楼梦》具体、细致、生动、真实地展示了作者所处时代环境中广阔的生活场景，礼仪、习俗、爱情、友谊，种种喜怒哀乐，以至饮食穿着、生活起居等等琐事细节，无不一一毕现，这也是以前小说从未有过的。史书、笔记可以记下某些历史人物的命运、事件的始末，却无法再现两个半世纪前的生活画面，让我们仿佛身临其境地领略和感受到早已逝去的年代里所发生过的一切。《红楼梦》的这一价值，绝不应该低估。

《红楼梦》一出来，传统的写人的手法都被打破了，不再是好人都好，坏人都坏了。作者如实描写，从无讳饰，因而每个人物形象都是活生生、有血有肉的。贾宝玉、林黛玉、史湘云、晴雯，都非十全十美；王熙凤、贾琏、薛蟠、贾雨村，也并未写成十足的坏蛋。有人说，曹雪芹写了四百多个人物，与莎士比亚所写总数差不多。但莎翁笔下的人物是分散在三十几个剧本中的，而曹雪芹则将他们严密地组织在一部作品中，其中形象与个性鲜明生动的也不下几十个。

贾宝玉形象具有特殊的社会意义。他是一个传统观念中"行为偏僻性乖张""古今不肖无双"的贵族子弟。他怕读被当时封建统治者奉为经典的《四书》，却对道学先生最反对读的《西厢记》《牡丹亭》之类书爱如珍宝。他厌恶封建知识分子的仕宦道路，讽刺那些热衷功名的人是"沽名钓誉之徒""国贼禄鬼之流"，嘲笑道学所鼓吹的"文死谏，武死战"的所谓"大丈夫名节"是"胡闹"。特别是他一反"男尊女卑"的封建道德观念，说"女儿是水做的骨肉，男子是泥做的骨肉；我见了女儿便清爽，见了男子便觉浊臭逼人"。在丫鬟、僮仆、小戏子等下人面前，他从不以为自己是"主子"，别人是"奴才"，总是平等相待，给予真诚的体贴和关爱。从这个封建叛逆者的身上，我们也可以看出时代的征兆，封建主义在趋向没落，民主主义思想已逐渐萌芽。

《红楼梦》构思奇妙、精细而严密。情节的安排、人物的言行、故事的发展，都置于有机的整体结构中，没有率意的、多余的、游离的笔墨。小说的文字往往前后照应，彼此关合（故脂评常喜欢说"千里伏线"）；人物的吟咏、制谜、行令，甚至说话也常有"闲闲一笔，却将后半部线索提动"（第七回脂评）、带"谶语"性质的地方。作者落笔时，总是胸中有全局、目光贯始终的，所以读来让人有牵一发而动全身的感觉。这样的结构行文，不但为我国其他古典长篇小说中所未有，即便在近代小说中也不多见。

《红楼梦》第一回以"甄士隐""贾雨村"为回目，寓意"真事隐（去），假语存（焉）"作者想以假存真（用假的原因自有政治的、社会的、伦理道德的、文学创作的等等），实录世情，把饱含辛酸泪水的真实感受，用"满纸荒唐言"的形式表达出来，其内涵和手法，自然都很值得研究。本来，文学创作上的虚构，也就是"假语""荒唐言"，但《红楼梦》的虚构又有其相当特殊的地方。这主要表现在两个方面：

一是在描写都中的贾家故事外，又点出有一个在南京的甄家，两家相似，甚至有一个处处相同的宝玉。这样虚构的用意，有一点是明显的，即贾（假）、甄（真）必要时可用来互补。比如曹雪芹不能在小说中明写他祖父曹寅曾四次亲自接待南巡的康熙皇帝这段荣耀的家史（又不甘心埋没），能写的只是元春省亲的虚构故事，于是就通过人物聊省亲说到皇帝南巡，带出江南甄家"独他家接驾四次"的话来。这就是以甄家点真事。故脂评于此说："甄家正是大关键、大节目，勿作泛泛口头语看。""借省亲事写南巡，出脱心中多少忆昔感今！"

　　另一方面也许更重要。我们说过，小说所写不限于曹氏一家的悲欢，经过提炼、集中和升华，它的包容性更大得多。我们发现，作者还常有意识地以小寓大、以家喻国，借题发挥，把发生在贾府中的故事的内涵扩大成为当时整个封建国家的缩影。产生这种写法可能性的基础是封建时代的家与国都存在着严格等级区分的宗法统治，两者十分相似，在一个权势地位显赫的封建官僚大家庭中尤其如此。大观园在当时的任何豪门私宅中是找不到的，它被放大成圆明园那样只有皇家园林才有的规模，这不是偶然的。试想，如果只有一般花园那样，几座假山、二三亭榭和一泓池水，故事又如何展开？不但宝玉每见一处风景便题对额的"乾隆遗风"式的情节无法表现，连探春治家、将园林管理采用承包制的办法来推行兴利除弊的改革，也没有必要和不可能写了。"天上人间诸景备，芳园应锡大观名"，这两句总题大观园的诗，不是也可以解读成小说所描写的是从皇家到百姓、形形色色、包罗万象、蔚为"大观"的情景吗？

　　《红楼梦》综合体现了中国优秀的文化传统。小说的主体文字是白话，但又吸纳了文言文及其他多种文体表现之所长。有时对自然景物、人物情态的描摹，也从诗词境界中泛出，给人以一种充满诗情画意的特殊韵味和美感。小说中写入了大量的诗、词、曲、辞赋、歌谣、联额、灯谜、酒令……做到了真正的"文备众体"，且又都让它们成为小说的有机组成部分。其中拟写小说人物所吟咏的诗词作品，能"按头制帽"（茅盾语），做到诗如其人，一一适合不同人物各自的个性、修养、特点，林黛玉的风流别致、薛宝钗的雍容含蓄、史湘云的清新洒脱，都各有自己的风格，互不相犯，这一点尤为难得。还有些就诗歌本身看写得或平庸，或幼稚，或笨拙，或粗俗，但从摹拟对象来说却又是惟妙惟肖、极其传神的作品，又可看出作者在小说创作上坚持"追踪蹑迹"忠实摹写生活的美学理想。

　　《红楼梦》写到的东西太多了。诸如建筑、园林、服饰、器用、饮食、医药、礼仪典制、岁时习俗、哲理宗教、音乐美术、戏曲游艺……无不头头是道，都有极其精彩的描述。这需要作者有多么广博的知识和高深的修养啊！在这方面，曹雪芹的多才多艺是无与伦比的，也只有他这样的伟大天才，才能写出《红楼梦》这样一部涉及领域极广的百科全书式的奇书。

蔡义江

2000 年 7 月于北京东皇城根南街 86 号

曹雪芹笔下的林黛玉之死

本文将要谈到的一些看法，基本上是 1976 年间形成的。几年来，我一直都想将它写成一篇专论，作为我打算写的《论红楼梦佚稿》一书中的主要章节，但老是受到其他事情的牵制，没有充裕的时间。凑巧，北京出版社决定将我 1975 年前所编的由杭州大学内部印行的《红楼梦诗词曲赋评注》一书正式出版，我就借修改此书的机会，将这些看法分散地写入有关诗词曲赋的评说和附编的资料介绍中去了。该书在 1979 年年底已与读者见面，但我还是觉得那样东谈一点、西说几句的写法很难使人获得比较完整的印象，也难使人根据我分散在各处提到的材料来通盘地衡量这样的推断是否真有道理；此外，受该书体例限制，有些问题也放不进去。所以，还是决定再写这篇专论，把自己的看法和依据的材料比较全面地谈一谈，以便于听取红学界朋友和读者的意见。

一 探讨的可能性

本文要探讨的"林黛玉之死"，正如题目所标明的是指曹雪芹所写的已散佚了的八十回后原稿中的有关情节，不是现在从后四十回续书中能读到的"林黛玉焚稿断痴情""苦绛珠魂归离恨天"等。当然，为了便于说明问题，也还得常常提到续书。

《红楼梦》后半部佚稿中宝黛悲剧的详情，我们是无法了解的了。但只要细心地研究八十回前小说原文的暗示、脂评所提供的线索，以及作者同时人富察明义的《题红楼梦》诗，并将这些材料互相加以印证，悲剧的大致轮廓还是可以窥见的。

这里有两点情况，特别值得说一说：

（一）曹雪芹创作《红楼梦》是胸中有全局、目光贯始终的；小说有完整的、统一的艺术构思，情节结构前后十分严密。在写法上，曹雪芹喜欢把未来要发生的事情，人物以后的遭遇、归宿，预先通过各种形式向读者提明或作出暗示，有时用判词歌曲，有时用诗谜谶语，有时用脂评所谓"千里伏线"，有时用某一件事或某一段描写"为后文作引"等等。即如以"不听菱歌听佛经"去作尼姑为归宿的惜春，小说开始描写她还是个孩子时，就先写她"正同水月庵的小姑子智能儿一处顽耍"，她所说的第一句话便是："我这里正和智能儿说，我明儿也剃了头同她作姑子去呢，可巧又送了花来；若剃了头可把这花儿戴在哪里呢？"（第七回，所引文字据甲戌、庚辰、戚序等脂评本互校。后同。）这就将后半部线索提动了。诸如此类，小说中是很多的。这是《红楼梦》写法上不同于其他小说的一个显著特点。它使我们探索佚稿的内容有了可能，特别是作为全书情节的大关键之一的宝黛悲剧，更不会没有线索可寻。倘若换作《儒林外史》，我们是无法从它前半部文字中研究出后半部情况来的。

（二）脂砚斋、畸笏叟等批书人与作者关系亲近得很，甚至在某种程度上可以说是作者的助手，他们是读到过现已散佚了的后半部原稿的。而这后半部原稿除了有"五六稿"

是在一次誊清时"被借阅者迷失"（但批书人也读到过，如"狱神庙慰宝玉""卫若兰射圃"和"花袭人有始有终"等）以外，其余的稿子直到脂评的很晚年份，即作者和脂砚斋都已相继逝世三年后的丁亥年（1767，即惋惜已有数稿"迷失"的脂评所署之年）或者尚可怀疑写讹的甲午年（1774），都还保存在畸笏叟或者畸笏叟所知道的作者某一亲友的手中，而没有说它已经散失。可知脂评是在了解小说全貌的基础上所加的评语，这就使它具有特别重要的价值。现在有人骂脂砚斋、脂评"庸俗""轻薄""恶劣""凶狠""立场反动""老奸巨猾"等等，这也许是没有真正懂得脂评。笔者是肯定脂砚斋的，并且还认为以往研究者对脂评的利用不是太多，而是太少了；对脂评的价值不是估计得过高，而是大大低估了。就算脂砚斋等人的观点很糟糕（其实，这是皮相之见），而我们的观点比他高明一百倍吧，但有一点他总是胜过我们的，那就是他与作者生活在一起过，与作者经常交谈，对作者及其家庭，以至小说的创作情况等都非常熟悉，而我们却所知甚少，甚至连作者的生卒年、他究竟是谁的儿子等问题也都没有能取得统一的意见；脂砚斋他读过全部原稿，而我们只能读到半部，他对后半部情况有过调查研究，而我们没有。在这种情况下，怎能对脂评采取不屑一顾的轻率态度呢？所以，本文仍将十分重视脂评，并尽量加以利用。这不是说我们要完全以脂砚斋等人的观点为观点，而是说要尊重他们所提供的事实，要细心地去探寻使他们产生这样那样观点、说出这样那样话来的小说情节基础是什么。

二　情节的梗概

这里先谈我们研究的结果，然后，再说明作出这样推断来的依据和理由。

曹雪芹笔下的林黛玉之死，与续书中所写的是完全不同性质的悲剧。悲剧的原因，不是由于贾府在为宝玉择媳时弃黛取钗，也没有王熙凤设谋用"调包计"来移花接木的事，当然林黛玉也不会因为误会宝玉变心而怨恨其薄幸。在佚稿中，林黛玉之死与婚姻不能自主并无关系，促使她"泪尽夭亡"的是别的原因。

悲剧发生的经过大概是这样的：

宝黛爱情像桃李花开，快要结果实来了，寤寐以求的理想眼看就要成为现实。不料好事多磨，瞬息间就乐极悲生：贾府发生了一连串的重大变故。起先是迎春被蹂躏夭折，探春离家远嫁不归，接着则是政治上庇荫着贾府的大树的摧倒——元春死了。三春去后，更大的厄运接踵而至。贾府获罪（抄没还是后来的事），导火线或在雨村、贾赦，而惹祸者尚有王熙凤和宝玉。王熙凤是由于她敛财害命等种种"造孽"；宝玉所惹出来的祸，则仍不外乎是由那些所谓"不才之事"引出来的"丑祸"，如三十三回忠顺府长史官告发宝玉无故引逗王爷驾前承奉的人——琪官，及贾环说宝玉逼淫母婢之类。总之，不离癞僧、跛道所说的"声色货利"四字。

宝玉和凤姐仓皇离家，或许是因为避祸，竟由于某种意外原因而在外久久不得归来。贾府中人与他们隔绝了音讯，因而吉凶未卜，生死不明。宝玉一心牵挂着多病善感的黛玉如何熬得过这些日子，所谓"花原自怯，岂奈狂飙？柳本多愁，何禁骤雨？"他为黛玉的命运担忧时，甚至忘记了自己的不幸。

黛玉经不起这样的打击，急痛忧忿，日夜悲啼；她怜惜宝玉的不幸，明知这样下去自身病体支持不久，却毫不顾惜自己。终于把她衰弱生命中的全部炽热的爱，化为泪水，报答了她平生唯一的知己宝玉。那一年事变发生、宝玉离家是在秋天，次年春尽花落，黛玉就"泪尽夭亡""证前缘"了。她的棺木应是送回姑苏埋葬的。

"一别秋风又一年"，宝玉回来时已是离家一年后的秋天。往日"凤尾森森，龙吟细细"的景色，已被"落叶萧萧，寒烟漠漠"的惨象所代替；原来题着"怡红快绿"的地方，也已"红稀绿瘦"了（均见第二十六回脂评）！绛芸轩、潇湘馆都"蛛丝儿结满雕梁"（第一回《好了歌注》中脂评）。人去楼空，红颜已归黄土陇中；天边香丘，唯有冷月埋葬花魂！这就是宝玉"对景悼颦儿"（第七十九回脂评）的情景。

"金玉良缘"是黛玉死后的事。宝玉娶宝钗只是事态发展的自然结果，并非宝玉屈从外力，或者失魂落魄地发痴呆病而任人摆布。婚后，他们还曾有过"谈旧之情"，回忆当年姊妹们在一起时的欢乐情景（第二十回脂评）。待贾府"事败，抄没"后，他们连维持基本生活都困难了。总之，作者如他自己所声称的那样，"不敢稍加穿凿，徒为供人耳目而反失其真传者"，他没有像续书那样人为地制造这边拜堂、那边咽气之类的戏剧性效果。

尽管宝钗作为一个妻子是温柔顺良的，但她并没有能从根本上治愈宝玉的巨大的精神创伤。宝玉始终不能忘怀因痛惜自己不幸而牺牲生命的黛玉，也无法解除因繁华消歇、群芳落尽而深深地留在心头的隐痛。现在，他面对着的是思想性格与黛玉截然不同的宝钗，这只会使宝玉对人生的憾恨愈来愈大。何况，生活处境又使他们还得依赖已出嫁了的袭人和蒋玉菡（琪官）的"供奉"（第二十八回脂评）。这一切已足使宝玉对现实感到愤慨、绝望、幻灭。而恰恰在这种情况下，一向人情练达的宝钗，又做出了一件愚蠢的事：她以为宝玉有了这番痛苦经历，能够"浪子回头"，所以佚稿中有"薛宝钗借词含讽谏"一回（第二十一回脂评）。以前，钗、湘对宝玉说"你就不愿读书去考举人进士的，也该常常的会会这些为官做宰的人们，谈谈讲讲些仕途经济的学问，也好将来应酬世务，日后也有个朋友"（第三十二回），还只是遭到反唇相讥。如今诸如此类的"讽谏"，对"行为偏僻性乖张"的宝玉，则无异于火上加油，所起的效果是完全相反的。这个最深于情的人，终于被命运逼成了最无情的人，于是从他的心底里滋生了所谓"世人莫忍为之毒"，不顾一切地"悬崖撒手"，离家出走，弃绝亲人的一切牵连而去做和尚了。（第二十一回脂评）

以上就是我们根据有关材料中所提供的线索勾画出来的宝黛悲剧情节的梗概。

这里有一个问题需要先谈一下：脂评中所说的小红"狱神庙慰宝玉"的"狱神庙"，或者刘姥姥与凤姐"狱庙相逢之日"的"狱庙"是否即宝玉、凤姐这次离家后的去处。以前，我确是这样想的，以为他们是抄家后，因被拘于狱神庙才离家的。后见有人异议，以为这不可能，若贾府已被抄没，则宝玉就不得重进大观园"对景悼颦儿"。这意见是对的。脂评有"因未见抄没、狱神庙"等语，则知狱神庙事当在抄没之后。可见，此次离家，另有原因，很可能是贾府遭谴责后，二人外出避风。其次，"狱庙"究竟是"狱"还是"庙"？红学界比较公认的看法以为它就是监狱，是凤姐、宝玉获罪囚禁之所。重庆有一位读者来信说，"狱神庙"不是狱，应是庙；"狱"就是"嶽（岳）"的简写，"岳神庙"也可称"岳庙"，即"东岳庙"。此说是把狱神庙当作凤姐、宝玉流落行乞之处的。因为小说预言宝玉后来"潦倒""贫穷"（第三回《西江月》词），脂评则提到凤姐"他日之身微运蹇"（第二十一回评），但都没有关于他们后来坐牢的提示；而在《好了歌注》"金满箱，银满箱，展眼乞丐人皆谤"句旁，却有脂评说："甄玉、贾玉一干人。"而提到将来"锁枷扛"的，却只是"贾赦、雨村一干人"。这样说，虽有一定道理，但应该指出，"狱神庙"之名是实有的；脂评中也未必是"岳神庙"的别写，它有时虽用指监狱，有时也可以指牵连在刑讼案子中人临时拘留待审之处。宝玉等留于狱神庙，我以为应属后一种情况，他们毕竟与判了罪、遭"锁枷扛"的贾赦、雨村等人有别。至于流落行乞，备受冻馁之苦，应是离家甚远，欲归不得而钱财已空时的情景。

有人说脂评中"芸哥仗义探庵"（靖藏本第二十四回脂评），指的就是贾芸探监。我很怀疑：本来，如果是真庙，改称庵，似乎还说得通，犹"栊翠庵"在"中秋夜大观园即景联句"中称之为"栊翠寺"。但如果"庙"是指监狱中供狱神的神橱石龛，那就很难称之为"庵"了。所以，我以为更可能的是：庙是庙，庵是庵。因为贾府事败，有一些人暂时居住在庵中是很可能的，妙玉、惜春当然更是与庵有缘的人。在"家亡人散各奔腾"的时刻，由于某种需要（比如传言、受托、送财物等等），贾芸为贾府奔波出力的机会尽多，不一定非是他自己和倪二金刚先探监，后又设法营救宝玉等出狱不可。贾芸、倪二尽管在社会上交结很广，很有办法，但如果宝玉等真的到了坐牢的地步，以贾芸、倪二这样的下层人物的身份要营救他们出狱，恐怕是不那么容易的。宝玉等能从狱神庙获释，应是借助了北静王之力。蒙府本第十四回有脂评说："宝玉见北静王水溶，是为后文之伏线。"已透露了佚稿中的情节线索（此条及狱神庙事得刘世德、蓝翎兄指教）。

三　判断的依据

现在，我们可以逐一地来谈谈作出以上情节判断所依据的材料和理由了。

1. 眼泪还债

据脂评，佚稿中黛玉之死一回的回目叫"证前缘"，意思是"木石前盟"获得了印证，得到了应验；换一句话说，也就是黛玉实践了她身前向警幻许诺过的"眼泪还债"的誓盟。因此，有必要研究一下作者写"眼泪还债"的真正含义。绛珠仙子的话是这样说的：

> 他（神瑛侍者）是甘露之惠，我并无此水可还。他既下世为人，我也去下世为人，但把我一生所有的眼泪还他，也偿还得过他了。（第一回）

这就是说，绛珠仙子是为了偿还神瑛侍者用甘露灌溉她的恩惠，才为对方流尽眼泪的。因而悲剧的性质从虚构的果报"前缘"来说，应该是报恩；从现实的情节安排来看，应该写黛玉答谢知己以往怜爱自己的一片深情。

我们对"眼泪还债"的理解，常常容易忽略作者所暗示我们的这种性质，而只想到这是预先告诉我们：黛玉一生爱哭，而她的哭总与宝玉有关。这虽则不错，却是不够的。

因为一个人的哭，或是为了自己，或是为了别人；或是出于怨恨，或是出于痛惜，性质是不一样的。如果黛玉只为自己处境的不幸而怨恨宝玉无情，她的流泪，对宝玉来说，并没有报恩的性质，也不是作者所构思的"还债"。用恨的眼泪去还爱的甘露，是"以怨报德"，怎么能说"也偿还得过他了"呢？

所以，黛玉之死的原因是不同于续书所写的。符合"证前缘"的情节应是：前世，神瑛怜惜绛珠，终至使草木之质得成人形——赋予异物以人的生命；今生，黛玉怜惜宝玉，一往情深而不顾自身，终至付出自己的生命作为代价——化为异物。这样，才真正"偿还得过"。

这是否对本来只作黛玉一生悲戚的代词的"眼泪还债"的话求之过深了呢？我想没有。这话本来并不平常。脂评说："历来小说可曾有此句？千古未闻之奇文！"眼泪就是哭泣、悲哀，谁都知道。倘意尽乎此，何"奇"之有？又说："知眼泪还债大都作者一人耳！余亦知此意，但不能说得出。"脂评这话本来也不过是赞作者对人情体贴入微，又能用最确切的简语加以概括。谁知它竟成了不幸的预言：自从小说后半部因未传而散佚后，"眼泪还债"的原意确实已不大有人知道了；再经续书者的一番构想描写，更使读者以假作真，燕石莫辨，也就不再去探究它的原意了。

但是，原意还是寻而可得的。第三回宝玉与黛玉初次见面，有宝玉摔玉一段情节。书中写道：

> 宝玉听了（按：黛玉没有玉），登时发作起痴狂病来，摘下那玉就狠命摔去，骂道："什么罕物！连人之高低不择，还说通灵不通灵呢！我也不要这劳什子了！"……宝玉满面泪痕泣道："……如今来了这么一个神仙似的妹妹也没有，可知这不是好东西。"

宝玉骂通灵玉"高低不择"，高者，黛玉也，故曰"神仙似的妹妹"；低者，自身也，见了黛玉而自惭之语。这样的表露感情，固然是孩子的任性，"没遮拦"，大可被旁人视为"痴狂"，但唯独其赤子之心无所顾忌，才特别显得真诚感人。黛玉再也想不到一见面自己就在宝玉的心目中占有如此神圣的地位，一个寄人篱下的孤女竟会受到贾府之中的"天之骄子"如此倾心的爱恋，这怎能不使她深受感动而引为知己呢？尽管黛玉刚入贾府，处处谨慎小心；也早听说有一个"懵懂顽劣"的表兄，心里已有防范。但她的心毕竟是敏感的，是善于体察别人内心的，又如何能抵挡如此强烈的爱的雷电轰击而不使自己的心灵受到极大震撼呢？所以，她回到房中，想到险些儿因为她自己，宝玉就自毁了"命根子"，不禁满怀痛惜地流泪哭泣了。这也就是脂评所谓："惜其石必惜其人。其人不自惜，而知己能不千方百计为之惜乎？"

脂评唯恐读者误会黛玉的哭是怪罪宝玉，特指出："应知此非伤感，还甘露水也。"针对黛玉"倘或摔坏那玉，岂不因我之过"的话，则批道："所谓宝玉知己，全用体贴工夫。"这里特别值得我们注意的是脂评告诉我们这样性质的流泪是"还甘露水"。所以又有批说："黛玉第一次哭却如此写来。""这是第一次算还，不知剩下还该多少？"如果以为只要是黛玉哭，就算"还泪债"，那么，脂评所谓"第一次哭"就说错了。因为，黛玉到贾府后，至少已哭过两次；她初见外祖母时，书中明明已写她"哭个不住"了。同样，对所谓"第

"一次算还"也可以提出疑问：在黛玉流泪之前，宝玉摔玉时不是也"满面泪痕泣"的吗？倘可两相准折，黛玉不是什么也没有"算还"吗？可见，属于"还债"之泪是有特定含义的，并非所有哭泣，都可上到这本账册上去的。

黛玉为宝玉摔玉而哭泣，袭人劝她说："姑娘快休如此！将来只怕比这个更奇怪的笑话儿还有呢。若为他这种行止你多心伤感，只怕你伤感不了呢！"不知宝黛悲剧结局的读者是想不到作者写袭人这话有什么深意的。然而，它确是在暗示后来许多"还泪"的性质。袭人所谓"他这种行止"，就是指宝玉不自惜的自毁自弃行为；所谓"你多心伤感"，就是指黛玉觉得是自己害了宝玉，即她自己所说的"因我之过"。这当然是出于爱惜体贴，并非真正的"多心伤感"。针对袭人最后两句话，蒙古王府本有一条脂评说：

> 后百十回黛玉之泪，总不能出此二语。

这是非常重要的提示，它告诉我们后来黛玉泪尽夭亡，正是由于宝玉这种不自惜的行止而引起她的怜惜伤痛；而且到那时，黛玉可能也有"岂不因我之过"一类自责的想头（所谓"多心"）。当然，我们没有批书人那样的幸运，不能读到"后百十回"文字。不过，脂评的这种提示，对我们正确了解八十回中描写黛玉几次最突出的流泪伤感情节的用意，还是很有帮助的。

我们暂且把第二十七回"埋香冢飞燕泣残红"放在一边以后再谈，那一回的情节是为"长歌当哭"的"葬花吟"一诗而安排的。此外，作者特别着力描写黛玉"眼泪还债"的大概还有三处：

（1）第二十九回"痴情女情重愈斟情"。写的是因"金玉"之说和金麒麟引起的一场小风波，并非真正出于什么妒忌或怀疑，而是双方在爱情的"你证我证，心证意证"中产生的琐琐碎碎的"口角之争"。但结果闹到宝玉痴病又发，"赌气向颈上抓下通灵玉来，咬牙狠命往地下一摔道：'什么劳什子，我砸了你完事！'……宝玉见没摔碎，便回身找东西来砸。林黛玉见他如此，早已哭起来，说道：'何苦来，你摔砸那哑巴物件！有砸它的，不如来砸我！'"袭人劝宝玉说，倘若砸坏了，妹妹心里怎么过得去。黛玉"听了这话说到自己心坎儿上来，可见宝玉连袭人不如，越发伤心大哭起来"，刚吃下的香薷饮解暑汤也"哇"的一声吐了出来。这里，小小的误会，只是深挚的爱情根苗上的一点枝叶，它绝不会导致对对方的根本性的误解，如续书中所写那样以为宝玉心中另有所属。何况黛玉之误会有第三者插足事，至第三十二回"诉肺腑"后已释。所以无论是宝玉砸玉（对"金玉"之说的愤恨），还是黛玉痛哭（惜宝玉砸玉自毁），都不过是他们初次相见时那段痴情心意的发展和重演。所以此回脂评又有"一片哭声，总因情重"之说，特提醒读者要看清回目之所标。其实，只要看黛玉当时的内心独白，就知道她因何流泪了。她想：

> 你心里自然有我，虽有"金玉相对"之说，你岂是重这邪说不重我的！我便时常提这"金玉"，你只管了然自若无闻的，方见得是待我重（按：宝玉却听不得"金玉"这两个字，一提就恼火）……

又想：

> 你只管你，你好我自好，你何必为我而自失！殊不知你失我自失……

这些都是说得再明确不过的了。这样全出之于一片爱心的流泪，名之曰"还债"，谁谓不宜？

（2）第三十四回"情中情因情感妹妹"（注意！回目中又连用三个"情"字）。宝玉挨了他父亲贾政狠狠的笞挞，黛玉为之痛惜不已，哭得"两个眼睛肿得桃儿一般"。并且实际上等于以"泪"为题，在宝玉所赠的手帕上写了三首绝句。绛珠仙子游于离恨天外时，"只因尚未酬报灌溉之德，故其五内便郁结着一段缠绵不尽之意"；黛玉见帕，领会宝玉对自己的苦心，也"一时五内沸然炙起"，"由不得余意缠绵"。这样的描写，恐怕也不是巧合。在前八十回中，这是黛玉还泪最多的一次。作者还特写明这种激动悲感，使她"觉得浑身火热，面上作烧……只见腮上通红，自羡压倒桃花，却不知病由此萌"。最后一句话值得玩味：表面上只是说黛玉之病起于多愁善感，哭得太多；实则还是在提请读者注意，不要以为黛玉的悲伤只是为了自身的不幸，她将来泪尽而逝，也正与现在的情况相似，都是为了酬答知己，为了还债。所以她在作诗题帕时"也想不起嫌疑避讳等事"，直截了当地提出了"暗洒闲抛却为谁"的问题。

（3）第五十七回"慧紫鹃情辞试忙玉"。宝玉听紫鹃哄他说，林姑娘要回苏州去了，信以为真，竟眼直肢凉，"死了大半个"。不必说，林黛玉自然为此"又添些病症，多哭几场"。她乍一听宝玉不中用时，竟未问原因，就不能控制自己的情感，反应之强烈和不知避嫌，简直与发"痴狂病"而摔玉的宝玉一样：

> 黛玉一听此言，李妈妈乃是经过的老妪，说不中用了可知必不中用。"哇"的一声将腹中之药一概呛出，抖肠搜肺，炽胃扇肝的痛声大嗽了几阵。一时面红发乱，目肿筋浮，喘的抬不起头来。紫鹃忙上来捶背。黛玉伏枕喘息半晌，推紫鹃道："你不用捶，你竟拿绳子来勒死我是正经！"

这是把宝玉的生命看得比自己生命更重要的真正罕见的爱！有这样爱的人，将来在宝玉生死不明情况下，能为他的不幸而急痛忧忿、流尽泪水，这是完全能令人信服的。

总之，作者在描写黛玉一次次"眼泪还债"时，都在为最后要写到的她的悲剧结局作准备。

2. 潇湘妃子

"潇湘妃子"是古代传说中，舜妃娥皇、女英哭夫而自投湘水死后成湘水女神之称，也叫湘妃。历来用其故事者，总离不开说夫妻生离死别，相思不尽、恸哭遗恨等等。如果不管什么关系，什么性质，只要有谁老哭鼻子便叫她潇湘妃子，推敲起来，恐怕有些勉强。因为娥皇、女英泣血染竹本是深于情的表现，并非一般地多愁善感，无缘无故地爱哭。同样，如果黛玉真是像续书所写那样，因婚嫁不如意而悲愤致死，那与湘妃故事也是不相切合的，作者又何必郑重其事地命其住处为"潇湘馆"，赠其雅号为"潇湘妃子"，称她为"林潇湘"呢？

雅号是探春给她取的，探春有一段话说：

> 当日娥皇、女英洒泪在竹上成斑，故今斑竹又名湘妃竹。如今她住的是潇湘馆，她又爱哭，将来她想林姐夫，那些竹子也是要变成斑竹的。以后都叫她作潇湘妃子就完了。（第三十七回）

话当然是开玩笑说的。但作者的用意就像是写惜春与智能儿开玩笑说自己将来也剪了头发去做尼姑一样。同时，探春所说的"想林姐夫"意思也很明确，当然不是续书所写那样"恨林姐夫"或者"怀疑林姐夫"。

在探春给她取雅号之前，宝玉挨打受苦，黛玉作诗题帕，也曾自比湘妃说：

> 彩线难收面上珠，湘江旧迹已模糊。
>
> 窗前亦有千竿竹，不识香痕渍也无？

"湘江旧迹""香痕"，都是说泪痕，也就是以湘妃自比。这是作者在写黛玉的内心世界：在她心中已将宝玉视同丈夫，想象宝玉遭到不测时，自己也会同当年恸哭殉情的娥皇、女英一样。同时，作者也借此暗示黛玉将来是要"想林姐夫"的。倘若不是如此，这首诗就有点不伦不类了：表哥不过是被他父亲打了一顿屁股，做妹妹的怎么就用起湘妃泪染斑竹的典故来了呢？

此外，据脂评提示，佚稿末回"警幻情榜"中对黛玉又有评语曰"情情"，意谓一往情深于有情者。它与"潇湘妃子"之号的含义也是一致的。但与我们在续书中所见那个因误会而怨恨宝玉的林黛玉形象，却有点对不上了。

3.《终身误》与《枉凝眉》

判断黛玉之死最可靠的依据，当然是第五回太虚幻境的册子判词和《红楼梦曲》。因为人物的结局已在此一一注定。册子中钗、黛合一个判词，其隐寓已见拙著《红楼梦诗词曲赋评注》，且置而勿论。关于她们的曲子写得更明白易晓。为便于讨论，引曲文如下：

终身误

> 都道是金玉良姻，俺只念木石前盟。空对着，山中高士晶莹雪；终不忘，世外仙姝寂寞林。叹人间，美中不足今方信：纵然是齐眉举案，到底意难平。

枉凝眉

> 一个是阆苑仙葩，一个是美玉无瑕。若说没奇缘，今生偏又遇着他；若说有奇缘，如何心事终虚化？一个枉自嗟呀，一个空劳牵挂；一个是水中月，一个是镜中花。想眼中能有多少泪珠儿，怎禁得秋流到冬尽，春流到夏！

《终身误》是写宝钗的，曲子正因为她终身寂寞而命名。宝钗的不幸处境，表现为婚后丈夫（宝玉）对她并没有真正的爱情，最后弃绝她而出家为僧。但宝玉的无情，又与他始终不能忘怀为他而死的林黛玉有关。所以，曲子从宝玉对钗、黛的不同态度去写；不过，此曲所要预示的还是宝钗的命运。从曲子中我们可以看出："木石前盟"的证验在前，"金玉良姻"的结成在后。

《枉凝眉》是写黛玉的，意思是锁眉悲伤也是枉然。在这支曲子中，值得我们注意的问题有三个：

（1）在前一曲中，写到了宝、黛、钗三人；而此曲中，则只写宝黛，并无一字涉及宝钗。这是为什么呢？我们认为合理的解说应该是：宝钗后来的冷落寂寞处境，如前所述，与宝玉对黛玉生死不渝的爱情有关，而黛玉之死却与宝钗毫不相干，所以一则提到，一则不提。倘如续书所写宝钗是黛玉的情敌，黛玉乃死于宝钗夺走了她的宝玉，那么，岂有在写宝钗命运的曲子中倒提到黛玉，反在写黛玉结局的曲子中不提宝钗之理？

（2）曲文说："一个枉自嗟呀，一个空劳牵挂。""嗟呀"，就是悲叹、悲伤；"枉自嗟呀"与曲名《枉凝眉》是同一个意思，说的是林黛玉；"空劳牵挂"，则说贾宝玉。只有人分两地，不知对方情况如何，时时惦记悬念，才能用"牵挂"二字。如果不是宝玉离家出走，淹留在外，不知家中情况，而依旧与黛玉同住在大观园内，那么，怡红院到潇湘馆没有几步路，来去都很方便（通常宝黛之间一天总要走几趟），又有什么好"牵挂"的呢？续书中所写的实际上是"一个迷失本性，一个失玉疯癫"，既然两人都成了头脑不清醒的傻子，还谈得上谁为谁伤感，谁挂念谁呢？

（3）曲子的末句是说黛玉终于流尽了眼泪，但在续书中的林黛玉，从她听傻大姐泄露消息，精神上受到重大打击起，直到怀恨而死，却始终是一点眼泪也没有的。她先是发呆、精神恍惚，见人说话，老是微笑，甚至来到宝玉房里，两人见了面也不交谈，"只管对着脸傻笑起来"；接着便吐血、卧床、焚稿绝情；最后直声叫"宝玉！宝玉！你好……"而死。如果宝黛悲剧的性质确如续书所推想的那样，突然发现自己完全受骗、被人推入最冷酷的冰窟里的黛玉，因猛受巨大刺激而神志失常是完全可能的。在这种情况下，她没有哭泣，反而傻笑，也符合情理；甚至可以说，这样的描写比写她流泪更能说明她精神创伤之深。所以，许多《红楼梦》的读者，甚至近代大学者王国维，都很欣赏续书中对黛玉迷本性的那段描写。然而，如果把这一情节与前八十回所写联系起来，从全书应有统一的艺术构思角度来考虑，从宝黛思想性格的发展逻辑、他们的精神境界应该达到的高度、他们在贾府中受到特别娇养溺爱的地位，以及事实上已被众人所承认的他俩特殊关系等等方面来衡量，这样的描写就失去了前后一致性和真实性。因为，毕竟曹雪芹要写的宝黛悲剧的性质并非如此，而这种既定的性质不是在八十回之后可以任意改变的。真正成功的艺术品，它应该是由每一个有机部分组成的统一整体。由于失魂落魄的黛玉没有眼泪，对宝玉断绝了痴情，怀恨而死，曹雪芹原来"眼泪还债"的艺术构思被彻底改变了，取消了。黛玉这支宿命曲子中唱词也完全落空了。很显然，从曲子来看，黛玉原来应该是日夜流泪哭泣的，她的眼中泪水流尽之日，也就是她生命火花熄灭之时。所以脂评说"绛珠之泪至死不干"。

曲文中"想眼中能有多少泪珠儿，怎禁得秋流到冬尽，春流到夏"，初读似乎是泛泛地说黛玉一年到头老是爱哭，因而体弱多病，终至夭折（程高本删去了"秋流到冬尽"的"尽"字，就是把它当成了泛说）。其实，它是实指，贾府事败是在秋天，所谓"到头来，谁见把秋捱过"，宝黛也正是在这个时候仓皇离散的（后面还将谈到）。于是，"秋闺怨女拭啼痕"（黛玉这一《咏白海棠》诗句，脂评已点出"不脱落自己"），自秋至冬，冬尽春来，宝玉仍无消息，终于随着春尽花落，黛玉泪水流干，红颜也就老死了。"怎禁得……春流到夏"，就是暗示我们：不到宝玉离家的次年夏天，黛玉就泪尽夭亡了。曹雪芹真是慧心巧手！

4.明义的题诗

富察明义是曹雪芹的同时人，年纪比雪芹小二十岁光景，从他的亲属和交游关系看，与雪芹有可能是认识的。他的《绿烟琐窗集》有《题红楼梦》绝句二十首，并有诗序说："曹子雪芹出所撰《红楼梦》一部……惜其书未传，世鲜知者，余见其钞本焉。"可知题诗之时，曹雪芹尚在人世。因此，无论富察明义所见的钞本是只有八十回，还是"未传"的更完整的稿本，他无疑是知道全书基本内容的。因为二十首诗中，最后三首都涉及八十回后的情节。所以从资料价值上说，它与脂评一样，是很可珍贵的。

我们不妨来看看富察明义的《题红楼梦》诗中与本文所讨论的问题直接有关的第十八、二十两首诗。前一首说：

> 伤心一首葬花词，似谶成真自不知。
>
> 安得返魂香一缕，起卿沉痼续红丝？

这一首诗中，值得注意的是两点：

（1）前两句告诉我们：林黛玉的《葬花吟》是诗谶，但她当初触景生情、随口吟唱时，并不知道自己诗中所说的种种将来都要应验的，"成真"的。这使我们联想起第二十七回回末的一条脂评说："余读《葬花吟》至再至三四，其凄楚感慨，令人身世两忘，举笔再四，不能下批。有客曰：'先生身非宝玉，何能下笔？即字字双圈，批词通仙，料难遂颦儿之意，俟看玉兄之后文再批。'噫唏！阻余者想亦《石头记》来的，故停笔以待。"这条脂评说，批书人如果"身非宝玉"，或者没有看过"玉兄之后文"，不管你读诗几遍，感慨多深，都不可能批得中肯。为什么这样说呢？因为只有宝玉才能从歌词内容中预感到现实的将来，而领略其悲凉，想到"林黛玉的花颜月貌将来亦到无可寻觅之时，宁不心碎肠断"！想到那时"自身尚不知何在何往，则斯处、斯园、斯花、斯柳，又不知当属谁姓矣！"倘换作别人，听唱一首诗又何至于"恸倒山坡之上"呢？批书人当然不能有宝玉那种预感，不过，他可以在读完小说中写宝黛悲剧的文字后，知道这首《葬花吟》原来并非只表现见花落泪的伤感，实在都是谶语。所以批书人要"停笔以待"，待看过描写宝玉"对景悼颦儿"等"后文"再批。或谓批语中"玉兄之后文"非指后半部文字，乃指下一回开头宝玉恸倒于山坡上的一段文字。其实，实质还是一样，因为如前所述那段文字中宝玉预感到黛玉将来化为乌有，以及大观园将属于别人等等，并非泛泛地说人事有代谢，其预感之准确可信，也只有到了这些话都——应验之时才能完全明白，才能真正领会其可悲。因此，正可不必以指此来排斥指彼。

从"似谶成真"的角度来看《葬花吟》，我们认为，如"红消香断有谁怜""一朝飘泊难寻觅"和"他年葬侬知是谁"等等，可以说是预示将来黛玉之死，亦如晴雯那样死得十分凄凉。但那并非如续书所写大家都忙于为宝玉办喜事，无暇顾及；而因为那时已临近"家亡人散各奔腾"的时刻，"各自须寻各自门"，或者为了自保，也就顾不上去照料黛玉了。"柳丝榆荚自芳菲，不管桃飘与李飞"，或含此意。"三月香巢已垒成，梁间燕子太无情。明年花发虽可啄，却不道人去梁空巢也倾！"或者是说，那年春天里宝黛的婚事已基本说定了，可是到了秋天，发生了变故，就像梁间燕子无情地飞去那样，宝玉离家不归了。所以她恨不得"胁下生双翼"也随之而去，宝玉被人认为做了"不才之事"，总有别人要随之而倒霉。先有金钏儿，后有晴雯，终于流言也轮到了黛玉，从"质本洁来还洁去，强于污淖陷渠沟"等花与人双关的话中透露了这个消息。此诗结尾六句"侬今葬花人笑痴，他年葬侬知是谁？试看春残花渐落，便是红颜老死时。一朝春尽红颜老，花落人亡两不知"最值得注意，作者居然在小说中重复三次，即第二十七回吟唱、第二十八回宝玉闻而有感，以及第三十五回中鹦鹉学舌，这是作者有意的强调，使读者加深印象，以便在读完宝黛悲剧故事后知道这些话原来是"似谶成真"的。它把"红颜老死"的时节和凄凉的环境都预先通过诗告诉了我们。"花落人亡两不知"，"花落"用以比黛玉夭折；"人亡"则说宝玉流亡在外不归。

（2）明义的诗后两句告诉我们，黛玉之死与宝玉另娶宝钗无关。明义说，真希望有起死回生的返魂香，能救活黛玉，让宝黛两个有情人成为眷属，把已断绝了的月老红丝绳再接续起来。这里说，只要"沉痼"能起，"红丝"也就能续，可以看出明义对宝玉没有及早赶回，或者黛玉没有能挨到秋天宝玉回家是很遗憾的。使明义产生这种遗憾心情的宝黛悲剧，是不可能像续书中写的那样的。如果在贾府上辈做主下，给宝玉已另外定了亲，试问，起黛玉的"沉痼"又有何用？难道"续红丝"是为了让她去做宝二姨娘不成？

明义的最后一首诗说：

> 馔玉炊金未几春，王孙瘦损骨嶙峋。
> 青蛾红粉归何处？惭愧当年石季伦！

有人以为此诗中的"王孙"，可能是指作者曹雪芹。我以为这样理解是不妥当的。组诗是《题红楼梦》，说的都是小说中的人物和情节，不会到末一首，忽然去说作者家世；何况小说是假托石头所记，不肯明标出作者的。再说，以石崇因得罪孙秀而招祸，终至使爱姬绿珠为其殉情作比，对于曹𫖯被抄家时还是个未成年孩子的曹雪芹来说，事理上是根本不合的！

小说中的贾宝玉倒确实曾以石崇自比。他在《芙蓉女儿诔》中就说："梓泽（石崇的金谷园的别名）余衷，默默诉凭冷月。"（这"冷月葬花魂"式的诔文，实际上也是悼黛儿的谶语。靖藏本此回脂评说："观此知虽诔晴雯，实乃诔黛玉也。试观'证前缘'回、黛玉逝后诸文便知。"）此外，黛玉的《五美吟》中也写过石崇："瓦砾明珠一例抛，何曾石尉重娇娆？"这些就是富察明义借用石季伦事的依据。可知此诗是说贾宝玉无疑，首句言瞬息繁华，次句即宝玉后来"贫穷难耐凄凉"时的形状的写照；"王孙"一词宝玉在作《螃蟹咏》中就用以自指，所谓"饕餮王孙应有酒，横行公子却无肠"是也（第三十八回）。后两句是自愧之语。不能保全的"青蛾红粉"之中，最主要的当然是指林黛玉，则黛玉之死乃因宝玉惹祸而起甚明，故可比为石崇。倘若如续书所写，宝黛二人都是受别人蒙骗、摆布、作弄的，那么，黛玉的死，宝玉是没有责任的，又何须自感"惭愧"呢？

5."莫怨东风当自嗟"

"寿怡红群芳开夜宴"中众姐妹席上行令掣签，所掣到的花名签内容，都与人物的命运有关（参见拙著《红楼梦诗词曲赋评注》）。黛玉所掣到的是芙蓉花签，上有"风露清愁"四字，这与富察明义诗中说晴雯的"芙蓉吹断秋风狠"含义相似，不过蕴蓄得多。上刻古诗一句："莫怨东风当自嗟"，出自欧阳修《明妃曲》。我最初以为这句诗仅仅是为了隐它上一句"红颜胜人多薄命"。否则，既有"莫怨东风"，又说"当自嗟"，岂非说黛玉咎由自取？后来才知道它是黛玉为了宝玉而全不顾惜自己生命安危的隐语，看似批评黛玉不知养生，实则是对她崇高爱情的颂扬（如果按续书所写，这句诗当改成"当怨东风莫自嗟"了）。这一点，可以从戚序本第三回末的一条脂批中找到证明：

> 补不完的是离恨天，所余之石岂非离恨石乎？而绛珠之泪偏不因离恨而落，为惜其石而落。可见，惜其石必惜其人。其人不自惜，而知己能不千方百计为之惜乎！所以绛珠之泪至死不干，万苦不怨，所谓"求仁而得仁，又何怨"（按：《论语》中语）。悲夫！

石头有"无才补天，枉入人世"之恨，绛珠是从不为石头无才补天而落泪的；宝玉"不自惜"，黛玉却千方百计地怜惜他。所以，黛玉虽眼泪"至死不干"，却"万苦不怨"，也就是说，她明知这样悲感等于自杀，也不后悔。脂评用"悲夫"表达了极大的同情，而作者却把这一点留给读者，他只冷冷地说：年轻人又何必这样痴情而自寻烦恼呢！所以，警幻仙子有歌曰："春梦随云散，飞花逐水流。寄言众儿女，何必觅闲愁！"（首句说繁华如梦，瞬息间风流云散；次句喻红颜薄命，好比落花随流水逝去。警幻的这首"上场诗"实也有统摄全书的作用。）又有薄命司对联说："春恨秋悲皆自惹，花容月貌为谁妍？""皆自惹"与"当自嗟"或者"觅闲愁"也都是一个意思。可见，曹雪芹写小说是八方照应，一笔不苟的；就连"春恨秋悲"四字，也都有具体情节为依据而并非泛泛之语。

6. 贾府中人对宝黛关系的看法

第二十五回中王熙凤曾对黛玉开玩笑说："'你既吃了我们家的茶，怎么不给我们家作媳妇儿？'众人听了，一齐都笑起来。"对此，甲戌本、庚辰本都有脂评夹批。甲戌本批说：

> 二玉事在贾府上下诸人，即看书、批书人皆信定一段好夫妻，书中常常每每道及，岂其不然，叹叹！

庚辰本批说：

> 二玉之配偶，在贾府上下诸人，即观者、作者皆为无疑，故常常有此等点题语。我也要笑。

接着，"李宫裁笑向宝钗道：'真真我们二婶子的诙谐是好的。'"庚辰本又有批说：

> 该她赞！

　　这些脂评说明：①宝黛应成配偶，是"贾府上下诸人"的一致看法，这当然包括上至贾母、下至丫鬟在内。贾母说宝黛俩"不是冤家不聚头"，脂批便指出"二玉心事……用太君一言以定"（第二十九回）。凤姐合计贾府将来要办的婚嫁大事，把宝黛合在一起算，说"宝玉和林妹妹，他两个一娶一嫁，可以使不着官中的钱，老太太自有梯己拿出来"（第五十五回）。尤二姐先疑三姐是否想嫁给宝玉，兴儿便笑道："若论模样儿行事为人，倒是一对好的。只是他已有了，只未露形。将来准是林姑娘定了的。因林姑娘多病，二则都还小，故尚未及此。再过三二年，老太太便一开言，那是再无不准的了。"（第六十六回）凡此种种都证明宝黛之应成为夫妻是上上下下一致的看法。后来"岂其不然"是出于他们意料之外的原因。②不但"众人听了，一齐都笑起来"，批书人也被逗乐了，故曰"我也要笑"。倘若曹雪芹也为了追求情节离奇，后来让凤姐设谋想出实际上是最不真实的"调包计"来愚弄宝黛二人，那么脂评应该批"奸雄！奸雄！""可畏！可杀！"或者"全是假！"一类话才对。现在偏偏附和众人说"我也要笑"，岂非全无心肝！③李纨为人厚道，处事公允，从未见她作弄过人；由她来赞，更说明凤姐的诙谐说出了众人心意，并非故意取笑黛玉。程高本把说赞语的人换了，删去"李宫裁"，而改成"宝钗笑道：'二嫂子的诙谐真是好的。'"故意给读者造成凤姐与宝钗心照不宣、有意藏奸的错觉，看来是为了避免与续书所编造的情节发生矛盾。

　　如贾母那样的封建家庭的太上家长形象，其特点是否必定只有势利、冷酷，必定只喜欢宝钗那样温柔敦厚，有"停机"妇德，能劝夫求仕的淑女呢？恐怕不是的。现实中任何身份的人都不可能是一个模子中铸出来的。曹雪芹笔下的贾母的性格特点，不是势利冷酷，相反的是以"怜贫惜贱，爱老慈幼"为其信条的；她自己好寻欢作乐，过快活日子，对小辈则凡事迁就，百般纵容溺爱，是非不明。她对宝钗固有好感（只是不满她过于爱好素净无华），但对凤姐那种能说会道、敢笑敢骂的"辣子"作风更有偏爱。一次，凤姐拿贾母额上旧伤疤说笑话，连王夫人都说"老太太因为喜欢她，才惯得她这样……明儿越发无礼了"。贾母却说："我喜欢她这样，况且她又不是那不知高低的孩子。家常没人，娘儿们原该这样，横竖礼体不错就罢，没的倒叫她从神儿似的作什么？"（第三十八回）从贾母那里出来的晴雯和陪伴她的鸳鸯也都不是好惹的。她对宝玉百依百顺，对外孙女黛玉也是非常溺爱的。第二十二回写凤姐与贾琏商量如何给宝钗做生日。贾琏说："你今儿糊涂了。现有比例，那林妹妹就是例。往年怎么给林妹妹过的，如今也照依给薛妹妹过就是了。"不过，小说中黛玉过生日并未实写。有一条脂评说：

　　　……最奇者黛玉乃贾母溺爱之人也，不闻为作生辰，却云特意与宝钗，实非人想得着之文也。此书通部皆用此法瞒过多少见者。余故云不写而写是也。

脂评认为按理应写黛玉做生辰而未写，是"不写而写"，这且不去管它。值得注意的是脂评认为"黛玉乃贾母溺爱之人"。如果批书人读到的后半部中，贾母也像续书中所写的那样，一反以往，变得对外孙女极其道学、冷漠、势利，竟将她置于死地而不顾，试问，他会不会写出这样的评语来呢？有人说，续书中的贾母写得比八十回中更深刻，更能揭露封建家长的阶级本质。就算这样，那也不妨另写一部小说，另外创造一个冷酷卫道的贾母，何必勉强去改变原来的形象呢？再说，从封建社会里来的、一味溺爱子女而从不肯违拗他们心意的老祖母，难道我们还见得少？

第五十七回"慈姨妈爱语慰痴颦"写了薛姨妈对黛玉的深深爱怜、抚慰（如同她对宝玉一样）。最后，她对宝钗说："我想着，你宝兄弟老太太那样疼他，他又生的那样，若要外头说去，断不中意。不如竟把你林妹妹定与他，岂不四角俱全？"当然，有了这一想法，不等于非要立即去说，马上催促定亲不可。小说也不能这样一直写去的。不过作者的用意显然是像写凤姐说诙谐话一样，是在描写贾府上下诸人对宝黛之可成配偶已无疑问，"故每每提及"，以便将来反衬贾府发生变故、宝黛"心事终虚化"。但有人以为这是写薛姨妈的虚伪、阴险，即使在回目中已明标了"慈""爱"，他们也认为这是虚的，大概如果实写，应作"奸姨妈假语诳痴颦"了。这真是用有色眼镜在看问题了！薛姨妈如果真的存着要将宝钗嫁给宝玉之心（其实，薛氏母女寄住贾府的目的之一是为了送宝钗上京来"待选"后宫"才人赞善之职"的，所以没有要为宝钗说亲的问题。当然，后来四大家一衰俱衰，这个目的达不到了），那么，她理应在黛玉面前千方百计回避谈这一类问题才是，究竟有什么必要非要主动将问题挑明不可呢？

7. 宝钗与黛玉的关系

宝玉精神上属于黛玉，最终却与宝钗结婚，于是在小说布局上似乎鼎足而三；"木石前盟"与"金玉良姻"既然都是宝玉不可改变的命运，所以小说的前半也得有种种伏笔。在"神龙见首不见尾"的情况下，这三者的关系是很容易错看成是三角关系的。我想，在这一点上，续作者就是想追随原作而误解了它的线索才写得貌合神离的。

黛玉因为爱宝玉，对宝玉的似乎泛爱，难免有过妒忌。首先对宝钗，其次是湘云。这在小说中都可以找到。湘云是"英豪阔大宽宏量，从未将儿女私情略萦心上"的；宝钗呢，实在也不曾与黛玉争过宝玉，或者把黛玉当情敌对待。宝钗因为和尚有以金配玉的话"总远着宝玉"，元春赐物，给她的与宝玉同（薛姨妈一家在贾府毕竟是客，与自己的妹妹们或视同妹妹的黛玉自应有所不同，待客优厚，礼所当然），她"心里越发没意思起来"（第二十八回）。她并非第三者，应该说是清楚的。有人以为宝钗滴翠亭扑蝶时的急中生智的话是存心嫁祸于黛玉，这恐怕求之过深了。当时宝钗心里在想些什么，书中是明明白白写出来的。想，便是动机，除此之外，再另寻什么存心，那就是强加于人了。宝钗想的，根本与黛玉无关，而且说"犹未想完"，就听到"咯吱"一声开窗，她不得不当即作出反应，装作在与黛玉捉迷藏。对于这样的灵活机变，脂评只是连声称赞道："像极！好煞！妙煞！焉得不拍案叫绝！"并认为"池边戏蝶，偶尔适兴，亭外急智脱壳，明写宝钗非拘拘然一迂女夫子"。我是赞成脂评的分析的，并认为如果后半部的情节发展足以证实宝钗确是用心机要整倒黛玉，以脂评之细心，又何至于非要谬赞宝钗不可呢！

黛玉妒忌宝钗，对宝玉有些误会或醋意，都是开始一阶段中的暂时现象。自从第四十五回起，就再也没有了。可惜许多读者都忽略了这一点。误会已释，黛玉知宝钗并非对自己"心里藏奸"，就与她推心置腹地谈心里话了。这一回回目叫"金兰契互剖金兰语"，正是说两人义同金兰，交情契合，并不像是反话。此外，当宝钗说到"将来也不过多费得一副嫁妆罢了，如今也愁不到这里"时，脂砚斋有双行夹批说：

宝钗此一戏，直抵过通部黛玉之戏宝钗矣！又恳切，又真情，又平和，又雅致，又不穿凿，又不强牵，黛玉因识得宝钗后方吐真情，宝钗亦识得黛玉后方肯戏也。此是大关节，大章法。非细心看不出。细思二人此时好看之极，真是儿女小窗中喁喁也。

也许有人会说，这是脂砚斋的陈腐观点，扬薛是错误的，不足为据。我们一开始就说过，问题不在于脂砚斋观点如何，而应该先弄清楚他的这种观点必须建立在怎样的情节基础上。我们说，只有在八十回之后宝钗确实没有与黛玉同时要争夺宝玉为丈夫的情况下，脂砚斋才有可能说宝钗的话是"恳切"的、"真情"的，才有可能说黛玉是"识得宝钗"的，才有可能认为她们确如回目所标是金兰之交。

8. 其他依据

小说中可推断后来黛玉之死情节的线索还有不少，现列举如下：

第一回："蛛丝儿结满雕梁"。脂评："潇湘馆、紫（绛）芸轩等处。"按：独举宝黛二人居处并非偶然。一个离家已久，一个人死馆空。倘以为这是一般地指贾府没落，脂评何不说"荣国府、大观园等处"？

第二十二回："（黛玉说）'这一去，一辈子也别来，也别说话！'宝玉不理。"脂评："此是极心死处。将来如何？"按：评语末四字已点出将来情景：对黛玉来说，宝玉一去，真是到死也没有回来。

又脂评："盖宝玉一生行为，颦知最确……"按：据此知黛玉不会误会宝玉变心。

第二十八回："（黛玉说）赶你回来，我死了也罢了！"脂评："何苦来，余不忍听！"按：此语成谶，故曰"不忍听"。

第三十二回："宝玉出了神，见袭人和他说话；并未看出是何人来，便一把拉住，说道：'好妹妹，我的这心事从来也不敢说，今儿我大胆说出来，死也甘心！我为你也弄了一身的病在这里，又不敢告诉人，只好掩着。只等你的病好了，只怕我的病才得好呢，睡里梦里也忘不了你！'袭人听了这话，吓得魄消魂散……这里袭人见他去了，自思方才之言，一定是因黛玉而起，如此看来，将来难免不才之事，令人可惊可畏。想到此间，也不觉怔怔的滴下泪来，心下暗度如何处治方免此丑祸。"按：用如此重笔来写，可以预料袭人所担心的"不才之事"和"丑祸"肯定是难免的。

第三十四回："袭人对王夫人说：'二爷素日性格，太太是知道的。他又偏好在我们队里闹，倘若不防，前后错了一点半点，不论真假，人多口杂，那起小人的嘴有什么避讳，心顺了，说得比菩萨还好，心不顺，就贬的连畜牲不如。二爷将来倘若有人说好，不过大家直过没事，若要叫人说出一个不好字来，我们不用说粉身碎骨罪有万重都是平常小事，但后来二爷一生的声名品行岂不完了……'"又宝玉挨打，薛氏母女责怪薛蟠，兄妹因此怄气闹了一场。脂评："袭卿高见动夫人，薛家兄妹空争气。"按：脂评褒袭对不对是另一个问题。但由此可见，宝玉后来确实未免"丑祸"，所以脂评赞袭人之言为"高见"，说她有先见之明；说蟠、钗争吵生气是"空争气"，意思是宝玉惹祸，怪不得别人调唆。

　　第三十五回脂评："此回是以情说法，警醒世人。黛玉因情凝思默度，忘其有身，忘其有病（按：黛玉之'痴'在于忘我）；而宝玉千屈万折，因情忘其尊卑，忘其痛苦，并忘其性情（按：此所谓宝玉之'痴'）。爱河之深，何可泛溢，一溺其中，非死不止（按：黛玉死于此）。且泛爱者不专，新旧叠增，岂能尽了；其多情之心不能不流于无情之地（按：宝玉之出家缘此）。究其立意，倏忽千里而自不觉，诚可悲夫！"

　　第五十二回："（宝玉说）你一夜咳嗽几遍？醒几次？"脂评："此皆好笑之极，无味扯淡之极，回思则皆沥血滴髓之至情至神也……"按：宝玉此时"扯淡之极"的话，正是将来自身遭厄、不能回家时，日夜悬念黛玉病况的心声，亦即《枉凝眉》中所谓"空劳牵挂"也。

　　第五十八回："芳官笑道：'你说她（藕官）祭的是谁？祭的是死了的菂官。'……'她竟是疯傻的想头，说她自己是小生，菂官是小旦，常做夫妻……虽不做戏，寻常饮食起坐，两人竟是你恩我爱。菂官一死，她哭得死去活来，至今不忘，所以每节烧纸。后来补了蕊官，我们见她一般的温柔体贴，也曾问她得新弃旧的；她说：这又有个大道理，比如男子丧了妻，或有必当续弦者也必要续弦为是。便只是不把死的丢过不提，便是情深意重了。若一味因死的不续，孤守一世，妨了大节，也不是理，死者反不安。你说可是又疯又呆？说来可是可笑？'宝玉听说了这篇呆话，独合了他的呆性，不觉又是喜欢，又是悲叹，又称奇道绝，说天既生这样的人，又何用我这须眉浊物玷辱世界。因又忙拉芳官嘱道：'既如此说，我也有一句话嘱咐她……以后断不可烧纸钱。……以后逢时按节，只备一个炉，到日随便焚香，一心诚虔就可感格了。……即值仓皇流离之日，虽连香亦无，随便有土有草，只以洁净便可为祭……'"按：藕、菂、蕊实为宝、黛、钗写影。本来，一个戏班中死了小旦，小生没有人搭配，再补一个是很平常的，谈不上什么"得新弃旧"。而现在偏要以真的丧妻续弦相比，说出一番"大道理"来，让宝玉听了觉得很合他的心意，这自然是有目的的。对此，俞平伯先生提出过很有道理的看法。大意是：有的人会想，宝玉将来以何等心情来娶宝钗，另娶宝钗是否"得新弃旧"。作者在这里已明白地回答了我们，另娶有时是必要的，也不必一定不娶，只要不忘记死者就是了。这就说明了宝玉为什么肯娶宝钗，又为什么始终不忘黛玉（见《读〈红楼梦〉随笔》）。此外，宝玉强调对死者不必拘习俗礼教，只要"一心诚虔"。他祭金钏儿、诔晴雯是如此，悼謦儿想必也如此。其中"即值仓皇流离之日"一语，触目惊心，简直就像在对我们宣告后事。

　　小说中的诗词带谶语性质的更多。除已提到的外，如《代别离·秋窗风雨夕》是在"仓皇流离"后，黛玉"枉自嗟呀"的诗谶；《桃花行》是黛玉夭亡的象征。《唐多令·咏柳絮》也是黛玉自叹薄命："嫁与东风春不管（用李贺《南园》诗'可怜日暮嫣香落，嫁与春风不用媒'意），凭尔去，忍淹留！"这岂不等于写出了黛玉临终前对知己的内心独白："我的生命行将结束了！时到如今，你忍心不回来看看我，我也只好任你去了！""大观园中秋联句"中的"冷月葬花魂"（有抄本中"花"形讹为"死"，后人误以为音讹而改作"诗"）是用明代叶小鸾的诗意作谶的，叶年十七未嫁而卒，著有诗词集《返生香》，是著名才女，如此等等。

小说中也还有为宝黛悲剧作引的有关情节。如第二十五回，宝黛相配事刚被凤姐说出，仿佛好事可望，便乐极生悲，凤姐、宝玉同遭魇魔，险些丧命。第三十三回，宝玉大承笞挞，黛玉怜惜痛哭。第七十四回，抄检大观园。第七十七回，晴雯夭折。第七十八回，宝玉作诔。直至第七十九回，迎春已去，宝玉"见其轩窗寂寞，屏帐俨然"，一片"寥落凄惨之景"，脂评明点出"先为'对景悼颦儿'作引"。种种暗示越来越多，造成了一场暴风雨已渐渐迫近了的感觉。脂评提到"狱神庙"事说"哀哉伤哉！此后文字，不忍卒读"（靖藏本第五十二回批）！看来，后半部确是大故迭起，黛玉死后，不久就有"抄没、狱神庙"等事，贾府鲜花着锦、烈火烹油之盛，瞬息间皆熏歇烬灭，光沉响绝，景况是写得很惨的。

总之，只要我们潜心细读，谨慎探究，曹雪芹本来的艺术构思和原稿的情节线索是不难窥见的。

四　余言

我们讨论的问题，大概会与《红楼梦》研究中的许多问题发生关系。比如小说的主题思想问题、情节的主线问题、人物的评价问题、艺术表现方法问题等等，都有待进一步研究。

有人说，续书所写的宝黛爱情悲剧，使小说有了更深一层的暴露婚姻不自由的反封建的意义。其实，这层意义原来就有，典型人物是迎春，她的遭遇足以暴露封建包办婚姻的罪恶（丫鬟司棋是另一种婚姻不自由的受害者，此外，还有英莲、金哥、智能儿等等）。《红楼梦》不是《西厢记》《牡丹亭》或《梁祝》，它所包含的思想意义要深广得多。续书将宝黛悲剧也写成包办婚姻的悲剧，反而影响了小说主题的统一。因为宝黛不同于迎春，他们是小说中的主角，主角的命运是与主题分不开的。这样，前八十回与后四十回就各自有了不同的中心：前八十回反复强调的是"盛宴必散"，将来贾府"树倒猢狲散"，"一败涂地"；而后四十回则突出了封建家长包办婚姻所造成的不幸。婚姻不自由与大家庭的败落是两回事，两者之间并没有必然的联系，将它们凑合在一起，我看不出究竟有多大好处。

在情节主线的讨论中，已见到好几种不同意见。在这方面，我是一个调和主义者。在我看来，以贾府为代表的四大家族的衰败，与宝黛悲剧的发生是同一回事，而宝玉愤俗弃世、偏僻乖张的思想性格或者说叛逆性格的发展，也是与他经历这样重大的变故、翻了大筋斗分不开的。同样，《红楼梦》是反映政治斗争还是写爱情悲剧的问题，研究者也有不同意见。在我看来，两者几乎是不可分的。贾府之获罪、抄没，大观园繁华消歇，当然是封建阶级内部政治斗争的结果，但宝黛爱情悲剧的发生也正与此密切相关。

在人物评价上，诸如宝钗、袭人、凤姐、贾母、王夫人、薛姨妈等人，多被认为是作者所讽刺、揭露的反面人物。是否都是讽刺、揭露？我很怀疑。《红楼梦》中是找不到一个完人的。作者常常有褒有贬，当然，褒贬的程度有不同，倾向性也有明显和不明显。曹雪芹的创作思想与今天有些理论不同，小说中的许多人物形象很难简单地划归正面人物或反面人物。再说，对这些人物的客观评价是一回事，而作者对他们的主观态度又是一回事，两者是有距离的，有时简直相反。加之更麻烦的是，如果我们不了解作者的完整构思，不知道这些人物后来怎样，而囫囵读一百二十回书，那么，续作者的构思、描写，还会在很大程度上对我们发生影响，使我们很难作出符合原意的评价，从而也就不能很科学地来总结《红楼梦》这部伟大的古典小说的艺术经验。从悲剧的性质，到人物的精神境界，曹雪芹笔下的林黛玉之死与续书中所写有如此大的差异，就不难想见构成故事情节的其他各式各样人物的描写，原作与续作又有多么大的不同。所以，我觉得光是对《红楼梦》中的人物形象及其社会意义作出比较切合实际的分析评价，我们就还得做许多深入、细致的研究工作。

原载《红楼梦学刊》1981 年第 1 期

曹雪芹原作为何止于七十九回？

《红楼梦》前八十回是曹雪芹原作，后四十回是他人续作，已属红学常识。这里为什么要提出七十九回来呢？

我说的七十九回，其实就是八十回。因为雪芹偕新婚妻子迁往北京西郊某山村居住之前，交付畸笏叟、脂砚斋等人加批、整理的手稿，是到末回"警幻情榜"止都已完成的全部书稿①；但结果他们编好回序、誊清抄出来的，却只有七十九回。第八十回是后来将七十九回一分为二凑成的，原来只是一回。这一情形，从"列藏本"仍只有七十九回，而文字实际上包括今八十回，略无分回痕迹，可看得很清楚②。庚辰本已分作两回，但八十回尚未拟出回目。到其他诸本才分别拟了回目，但回目文字并不一致。我们提七十九回，就为尽量保持其原始状态，以便探寻造成这一情况的原因。

如果不是遇到特殊情况，原稿在整理中要先告一段落时，按习惯心理，总会凑个整数，比如四十、八十，或至少是某数的倍数，常用的如三十六、七十二、一百零八。而七十九既非整数，也非某数的倍数，不上不下，就突然停止了。这最最合理的解释就是恰巧只能抄到七十九回，第八十回抄不出来了。

第八十回怎么了？难道说它恰好迷失了？原稿还在整理、誊清过程中就丢失了，这可能吗？答：是的，真的是丢失了，而且正是在"誊清"过程中"迷失"的。有脂评为证：

> 茜雪至"狱神庙"方呈正文。袭人正文标目曰："花袭人有始有终"。余只见有一次誊清时，与"狱神庙慰宝玉"等五六稿被借阅者迷失。叹叹！——丁亥夏，畸笏叟。（第二十回评）

说得清清楚楚：在"誊清时""被借阅者迷失"，且有"五六稿"之多，提到原稿"迷失"的还有三条评：

> "狱神庙"回有茜雪、红玉一大回文字，惜迷失无稿。叹叹！——丁亥夏，畸笏叟。（第十六回评）

> 叹不能得见"宝玉悬崖撒手"文字为恨！——丁亥夏，畸笏叟。（第二十五回评）

> 写倪二、紫英、湘莲、玉菡侠文，皆各得传真写照之笔，惜"卫若兰射圃"文字迷失无稿。叹叹！——丁亥夏，畸笏叟。（第二十六回评）

---

① 详见拙著《红楼梦是怎样写成的？》有关章节，北京图书馆出版社 2004 年版。
② 见中华书局影印本《石头记》。

当时，未完成誊清、装订，亲友们便争相借阅、先睹为快的情况不难想象。前半部稿，工作正在进行过程中，不致被借走迷失；后半部稿，尚未着手整理，才会发生这样的意外。

借阅者将原稿迷失事，应该发生得较早。怎么不及时告诉作者？怎么未见在作者尚活着时批出？上引几条脂评都署"丁亥夏"，那是 1767 年，是雪芹逝世（1764）三年之后了。这是怎么回事呢？

书稿的"迷失"，与将它投于水、焚于火不同，是个逐渐失去找回希望和改变期待心情的漫长过程。开始时没有告诉作者是完全符合情理的，因为尚处在催问借阅者，请他去找回送来或尚处在回想、对质借走后是否已归还、交在谁手中等责任问题的阶段；即使若干年后，见到雪芹，将这个坏消息透露给他，他也会抱着同样侥幸心理等待"迷失"的原稿能找到；毕竟重新补写并不是一件很容易且愉快的事，特别是他会认为来日方长，索性等书稿交回，从头再检查一遍再说，补写并非当务之急。谁料光阴倏忽，祸福难测，才"四十年华"、僻居西山的曹雪芹，未及将畸笏叟手中的书稿要回再做扫尾工作，便突然离世了。半年后，脂砚斋也相继别去。三年中，去世的尚有杏斋（情况不详）等"圈内人"①，故有"今丁亥夏，只剩朽物一枚，宁不痛杀"之叹（第二十二回评），最终完成全书的一切希望都已断绝，畸笏老人这才以无比沉痛的心情，一一检点那次"迷失"原稿的惨重损失。

被"借阅者""迷失"的"五六稿"究竟是多少呢？

我以为至少是五六回，或许还更多一些。不说"回"而称"稿"，我想，是因为写成每个故事时，只大体上分回，事应在前；根据篇幅长短，再作适当调整，最后确定回序，事应在后。有些故事情节，开始打算写一回的，写完后，发现太长，宜分成两回甚至三回的，前已有过（如元春省亲）。脂评提到"狱神庙"回茜雪、红玉情节时，称"一大回"，看来也可能比较长、最后是否还可分成两回也难说，所以，索性笼统地称"稿"更确切些。

那么，"迷失"的都是哪些故事内容呢？

脂评中提到的已有四种：（1）狱神庙；（2）袭人有始有终；（3）宝玉悬崖撒手；（4）卫若兰射圃。不在其列的如迎春被折磨致死；探春远嫁不归；元春早卒，贾府大树摧倒；宝玉、凤姐等惹祸离家；黛玉泪尽证前缘；宝玉回来见落叶萧萧、寒烟漠漠景象，对景悼颦儿；贾府事败、抄没、子孙流散；惜春为尼，缁衣乞食；妙玉流落瓜洲渡口；凤姐命塞，执帚扫雪，哭向金陵，回首惨痛，短命而死；金玉成姻，夫妻谈旧；巧姐被卖在烟花巷；刘姥姥救其出火坑，忍耻招她为板儿媳妇——直至末回"警幻情榜"，应该都还在续有批语的畸笏叟手中。这部分残稿中，尚有一个完整的回目是我们知道的，那就是"薛宝钗借词含讽谏　王熙凤知命强英雄"（第二十一回评）。

如果"迷失"的原稿是连着的若干回，也许还好办些；现在东缺一稿，西缺一稿，

---

① 靖藏本第二十二回脂评："前批知者寥寥。不数年，芹溪、脂砚、杏斋诸子皆相继别去。今丁亥夏只剩朽物一枚，宁不痛杀！"庚辰本中此条仅有其首尾，无中间提及三人姓名的句子。

断断续续，互不连贯，实在是难以再整理誊清了。那么，"迷失"的原稿中有没有本来应该是紧接第七十九回的第八十回呢？这就是本文要重点探寻的。

"宝玉悬崖撒手"是写他弃家为僧的，应在最后；不知是与"警幻情榜"同属末回呢，还是末回的上一回。

"花袭人有始有终"是在贾府事败、抄没之后。那时，黛玉早夭亡，金玉已成姻，但生计艰难，要靠琪官、袭人夫妇来"供奉"他们，所谓"好知运败金无彩，堪叹时乖玉不光"是也。也比较晚，但在宝玉出家之前。

"狱神庙慰宝玉"在宝玉处于落难之时，他心里牵挂着远在潇湘馆中病重的黛玉；黛玉也正痛惜平生唯一知己的"不自惜"，为他的不幸遭遇而日夜嗟呀悲啼，即将泪尽"证前缘"之日，所谓"一个枉自嗟呀，一个空劳牵挂"是也。这比前两稿又早，但与七十九回尚有不少距离，也是接不上的。

这样，就只剩下"卫若兰射圃"文字了，看看它是否存在这种可能性。经仔细阅读小说原文，我们高兴地发现这正是我们要寻找的目标。

雪芹写每个故事情节有个习惯，即在数回前先露个头，接着还写别的事，数回过后，再直接写到它。举例来说：

例一，迎春的"误嫁中山狼"，写在第七十九回，但在第七十二回，就先提到这样的细节：

> 鸳鸯问："哪一个朱大娘？"平儿道："就是官媒婆那朱嫂子。因有什么孙大人家和咱们求亲，所以她这两日天天弄个帖子来赖死赖活。"

同回中又写道：

> 贾琏道："……前儿官媒拿了个庚帖来求亲，太太还说老爷才来家，每日欢天喜地地说骨肉完聚，忽然就提起这事，恐老爷又伤心，所以且不叫提这事。"

直到第七十九回，才直接写"误嫁"这件事：

> 原来贾赦已将迎春许与孙家了。这孙家乃是大同府人氏。

其间相隔七回之多。

例二，晴雯的"抱屈夭风流"，写在第七十七回，但在第七十四回就写王善保家的在王夫人面前进谗言，告倒了她。中间也有三回距离。

例三，司棋与小厮潘又安幽会的"东窗事发"。在第七十一回，先写鸳鸯无意中撞见园中山石后的一对"野鸳鸯"；在第七十三回，写傻大姐拾到绣春囊；到第七十四回，抄检大观园，才在迎春处查获司棋风流事的物证。中间也相隔三回。

可见，这是雪芹行文的习惯：写某人某事，从露头到正面叙写，中间必相隔数回，少则三回，多至七回。再看"卫若兰射圃"文字，如果它写在第八十回，那么，也很有可能在三至七回前先有露头。据此，检点小说原文，我们发现它确实在第七十五回中已露头了。相隔回数恰是三至七回的平均数——五回。该回中有这样一段文字：

> 原来贾珍近因居丧，每不得游玩旷荡，又不得观优闻乐作遣。无聊之极，便生

了个破闷之法。日间以习射为由，请了各世家弟兄及诸富贵亲友来较射。因说："白白的只管乱射，终无裨益，不但不能长进，而且坏了式样，必须立个罚约，赌个利物。大家才有勉力之心。"因此在天香楼下箭道内立了鹄子，皆约定每日饭后来射鹄子。贾珍不肯出名，便命贾蓉作局家。这些来的皆系世袭公子，人人家道丰富，且都在少年，正是斗鸡走狗、问柳评花的一干游荡纨袴。……贾赦、贾政听见这般，不知就里，反说这才是正理，文既误矣，武事当亦该习，况在武荫之属。两处遂也命贾环、贾琮、宝玉、贾兰等四人于饭后过来，跟着贾珍习射一回，方许回去。

习射之事，既如此开了头，绝不会没有下文。请来较射的都是些"世家弟兄""世袭公子"，而卫若兰从其姓名在秦氏送殡队伍中初次出现时，便介绍过他的身份，正是这样的人。那么，宁府习射为什么又要拉上荣府的人、特别是宝玉呢？宝玉的参加习射，是情节发展所必不可少的。第三十一回有一条脂评说：

> 后数十回若兰在射圃所佩之麒麟，正此麒麟也。提纲伏于此回中，所谓草蛇灰线在千里之外。

史湘云拾到宝玉遗落的金麒麟，又送还给宝玉，原来以后到了卫若兰身上。想来不外两条途径：一、宝玉与若兰交往，建立了友谊，于是以金麒麟相赠，其作用或略似蒋玉菡、袭人之汗巾；二、两人在较射中，宝玉输给了若兰，据所立"罚约，赌个利物"，宝玉将金麒麟充作了赌资，这种可能性也极大。无论是哪种情况，宝玉与若兰一起习射的机会是务必要有的，所以要让宝玉也来参加。作者唯恐只带到一句，引不起注意，还特地在后面通过贾母的问话来加深读者的印象：

> 贾母笑问道："这两日你宝兄弟的箭如何了？"贾珍忙起身笑道："大长进了，不但样式好，而且弓也长了一个力气。"贾母道："这也够了，且别贪力，仔细努伤。"贾珍忙答应几个"是"。

宝玉的金麒麟成了卫若兰身上的佩饰，只不过是故事的发端；卫若兰后来成了史湘云的"才貌仙郎"，却未能"博得个地久天长"，短暂的欢乐后，"终究是云散高唐，水涸湘江"，永远地结束了正常的夫妻生活。脂评批甄士隐解注《好了歌》"说什么脂正浓、粉正香，如何两鬓又成霜"句说："宝钗、湘云一干人。"在婚后好景不长，便孤居终身这点上，钗、湘确有相似之处。小说中但凡与宝玉沾上点边的女儿，薄命者真是太多了。钗、黛、湘及亲姊妹们外，金钏儿、晴雯、袭人、芳官……都无不如此。这只怕都是作者有意为之的。

有个回目叫"因麒麟伏白首双星"。自小说传世后，惑于此回目者甚多，最流行也影响最大的误解，大概是以为宝玉最终与湘云成为夫妻，以偕白头；甚至还有一种上个世纪初许多学人曾读到过的，而后来却找不到了、写得很粗糙的续书，也这样描写，让一些研究者也误以为是雪芹原稿①。

这实在都从曲解回目的含义而来。作者的原意只是说，因为宝玉得了金麒麟，从而

---

① 见《跋姜亮夫先生口述的一种〈红楼梦〉续书》及附文，收入《蔡义江论红楼梦》一书，宁波出版社 1997 年版，及《我读红楼梦》一书，天津人民出版社 1982 年版。

埋下了湘云夫妻到老都分离的伏线。因为"双星"一词，历来是有特定含义的，千余年来都没有改变过，它专指牵牛、织女星而言，并不像今天可以用来指两颗卫星、两个明星或者两位杰出人物等等。"双星"一词超越牛郎织女含义的用法，至少到晚清前，是找不到例证的。但清文人中既有昧于此词特定含义（诗词中最多）而会错了意的，后来也就跟着进一步加深了误解。其实，"白首双星"就只能是夫妻到老都像牛郎和织女那样地分离的意思，别的解说都是错的。

梅节兄对史湘云的结局，曾作过认真的探索。他以为是卫若兰婚后发现湘云也有这样一个金麒麟，因此怀疑湘云婚前与宝玉有染，以为那麒麟就是他俩的信物，于是夫妻反目①。我非常赞同他的分析和推断，因为这不仅符合回目的原意，也与脂评说的"湘云是自爱所误"（第二十二回评）没有任何抵触。不过谈湘云命运，已经与我们要重点关注的问题远了，且就此打住。

小说中写了几个有豪侠气质的人物，脂评称之为"为金闺间色之文"。其中写倪二、冯紫英、柳湘莲、蒋玉菡的"侠文""皆各得传真写照之笔。惜'卫若兰射圃'文字迷失无稿"（第二十六回评）。前四个人物都写在八十回之前，有的后来还出现；唯有卫若兰没有写到，这也是他即将出现的一条理由。倘若写在"三春去后诸芳尽"后，就不能成为"为金闺间色之文"了。

总之，从种种迹象看，"卫若兰射圃"文字都应该就是原稿中的第八十回，因为它"迷失"了，所以整理、誊清好的，只能止于第七十九回了。明白这一点，就可以弄清《红楼梦》原稿致残的原因。至于后半部未抄出而保存在畸笏叟手中的大部分原稿，就因为没有再抄出来，也随着这位老人不知何时去世而在这人世间消失了。这是完全可以理解的：最初，畸笏从作者手中接过书稿时，实在没有足够的重视，对原稿的整理誊抄过程中有可能损坏、缺失，掉以轻心；以致某些回末"破失"和有些文字遭墨污而辨认不清、只好空缺的情况，就能说明问题。当然，最严重的自然是"五六稿被借阅者迷失"了。以前，过于开放，疏于管理；在造成无可估量又无可挽回的惨重损失后，又过于保守，不肯外传，以为所余残稿只要由自己保管着，不再外借，便万无一失了。这种狭隘的短视的陋见，其失策的严重后果，更甚于保管的疏忽大意。一个没有特殊地位的个人的收藏，又如何禁得起历史风风雨雨的无情淘汰？今天，曹雪芹的手稿，不论有否被抄录过的，不是一张也没有留存下来吗？就连誊清后的原抄本也一本都没有发现。这就是这部伟大的小说不幸成为残稿的真实情况。

由此得出两个结论：

一、《红楼梦》原本是写完了的，除了个别诗作如中秋诗尚缺待补、某些分回及回目尚须最后确定拟就外，整部小说是完整的。因此，首回脂评所说"书未成，芹为泪尽而逝"及第二十二回末所说"此回未成而芹逝矣"中的"未成"，都不是"未写成"而是"未补成"的意思（靖藏本的评语即多一"补"字）。本来嘛，所有重要人物及贾府的结局，脂评都一一提到，且连末回都有了，怎么可能是未写成呢？第二十二回到惜春迷止，在"此

---

① 详见梅节、马力《红学耦耕集》，文化艺术出版社 2000 年修订版。

回未成"条前，尚有一条脂评说："此后破失，俟再补。"可见书成残稿，都是人为的、因不小心而造成的。

二、真理往往是最简单的、平淡无奇的。那些为《红楼梦》后半部没有传世而找寻种种动听、离奇理由的说法，实在与事实真相相差太远。比如一种说法以为后半部写到贾府败亡，政治上触犯忌讳的地方太多，因此脂砚斋、畸笏叟等亲友不敢再将它传抄出来。这实在是没有任何依据的凭空揣测。传奇戏曲中主人公获罪、奉旨抄家、坐牢、杀头的故事情节有的是，也不见有何关碍。曹雪芹从来不是顾头不顾尾的小说家，很难想象他写到后半部，忽然不用"满纸荒唐言"，处处写出犯政治忌讳的话来。所以，"不敢抄出"云云，实在是自己把《红楼梦》看成是反清小说了。从这一观念出发，于是又有另一种更有戏剧性、更富想象力的说法产生：说是乾隆读到过《红楼梦》全书，担心它的影响力，便派尚无功名的程伟元、高鹗将后半部加以篡改，以替代原作传世。这简直与某小说家编造秦可卿原是康熙废太子胤礽根本不存在的私生女、肝脑涂地地矢忠于康熙的曹寅是"太子党"故事差不多。只要说得动听，是否违反历史常识有什么要紧！

2006 年 7 月大暑于
宁波市文教路 28 弄 8 号 202 室

畸笏叟应是曹雪芹的父亲曹頫

如果说参看脂评来读《红楼梦》，脂砚斋最能帮助我们对小说文字加深理解的话，那么，要了解曹雪芹其人、家世，以及有关成书等情况的，为我们提供有价值资料最多的，大概非畸笏叟莫属了。

畸笏是谁？说法甚多。如周汝昌以为即脂砚，是雪芹的续弦妻，相当于小说中之湘云；吴世昌以为是曹宣的第四子曹硕，字竹磵；王利器、戴不凡以为是曹頫；俞平伯以为大概是雪芹的舅舅；赵冈最初以为是曹颙的遗腹子，后改变为最可能是雪芹的叔叔（据敦敏《瓶湖懋斋记盛》——此文研究者多以为是《废艺斋集稿》提供者孔祥泽伪托）或李煦之子李鼎。如此等等，还有别的指认。我想，不论是哪种说法，重要的是所举理由、证据充分，没有明显矛盾、破绽。否则，即使猜中对象，说出来别人也不信服。

一　从与市井泼皮交往来看

小说第二十四回"醉金刚轻财尚义侠"写到泼皮倪二借钱给贾芸，庚辰本有眉批说：

> 余卅年来，得遇金刚之样人不少，不及金刚者亦不少，惜书上不便历历注上芳讳，是余不足心事也。——壬午孟夏。

从这是眉批又署年壬午看，是畸笏批无疑。壬午是1762年，上推三十年是雍正十年（1732），即曹頫抄家后的四年。有人会想：若畸笏是曹頫，他怎么会把距抄家三十四年说成三十年呢？

其实，批书人不是从被抄家时算起的，他也绝不会那么算。因为曹頫获罪后是被拘禁"枷号"的。只有当他被释放获得自由后，才有可能走在市街上，才有机会遇上像倪二那样的人。所以，他意思是说，自从我获释，或沦为贱民三十年来。

曹頫革职抄家在雍正六年。到雍正七年七月二十九日刑部《为知照曹頫获罪抄没缘由业经转行事致内务府移会》云：

> 曹頫因骚扰驿站获罪，现今枷号。（见《历史档案》1983年第一期《新发现的有关曹雪芹家世档案》）

雍正七年十二月初四日刑部《为知照查催曹寅得受赵世显银两情形致代内务府咨文》云：

> 查曹寅之子曹頫亦任江宁织造，业已带罪在京。（同上）

雍正八年起，未见档案提及曹頫，想仍"带罪""枷号"。为什么曹頫被"枷号"得这么久呢？原来他属下骚扰驿站，勒索银两，须由曹頫分赔，可他一直无力赔补，直到雍正去世才被免除。雍正五年，曾明文规定，用苛峻之法，以枷号作为催追犯官拖欠银两的惩罚和震慑手段：

> 嗣后内务府佐领人等，有应追拖欠官私银两，应枷号催追；应带锁者带锁催追，俟交完日再行治罪释放，著为定例。（《大清会典》卷二三一《内务府六·慎刑司》，转引自黄进德《曹頫考论》）

那么，曹頫后来有没有被从轻发落的可能呢？有。那应该是在雍正九年到十年间。周汝昌曾引乾隆即位后论雍正一朝政策的上谕，其中说：

> 皇考初政峻厉，至雍正九年十年以来，人心已知法度，吏治已渐澄清，未始不敢崇宽简，相安乐易；见臣工或有不善，失于苛刻者，每多救其流弊；宽免体恤之恩，时时下逮。（《红楼梦新证·史事稽年·雍正九年》，华艺出版社1998年版）

周先生还说："赵执信独于雍正十年始敢作悼念李煦诗，其故亦正在此。"

又黄进德兄《曹雪芹江南家世丛考·曹頫考论》中敏锐地察觉到"《朱批谕旨》雍正十一年刊行本与现存其朱批手迹，于曹頫奏折作过两处修改"：一是曹頫雍正二年正月初七日《奏谢准允将织造补库分三年带完折》，文曰：

> 窃念奴才自负重罪，碎首无辞，今蒙天恩如此保全，实出望外，奴才实系再生之人，唯有感泣待罪，只知清补钱粮为重，其余家口妻孥，虽至饥寒迫切，奴才一切置之度外，在所不顾。凡有可以省得一分，即补一分亏欠，务期于三年之内，请补全完，以无负万岁开恩矜全之至意。

以为雪芹早年曾享乐过的人不妨留意，此折上奏时，大概雪芹还未出生，而曹頫已是何种境况，我们不难想见。正如进德兄所说，此折"情辞凄切可悯"。可雍正态度如何呢？原朱批说：

> 只要心口相应，若果能如此，大造化人了！

进德兄谓其"字挟风霜，切齿之声，依稀可闻"。但到了十一年刊本经改动过的朱批却说：

> 好勉之，但须言行相符。所奏甚属可嘉，唯须实力奉行耳。

语气完全不同，改为嘉勉口吻了。

二是曹頫雍正二年《请安折》，十一年刊本朱批，将原来"不要乱跑门路，瞎费心思力量买祸受"，改为"不可乱投门路，枉费心思力量而购觅灾祸"；将"因你们向来混账风俗惯了"，改为"朕因尔等习惯最下风俗，专以结交附托为良策"。进德兄谓"分明是雍正帝晚年手笔。一经改动，词气婉转多矣"。（同上）

进德兄根据雍正晚年对曹頫态度的改变，推断说："对曹頫格外开恩，从轻发落，提前开释，也不无可能。但就时间上说，也该是雍正十一年以后的事了。"

此言有理。但我的看法稍有不同：雍正调整治贪司法政策应在前，修改文字刊刻朱批应在后；实行宽赦，即时可行，刊行书册，须费工时。结合乾隆谕文明言"至雍正九年十年以来"语，曹頫在尚欠银三百余两未赔完情况下，而得以提前开释，应在雍正十年。此后，自称"朽物""废人"的曹頫，当然只能闲居于崇文门外蒜市口平房中，与这一带市井平民为伍了；因家境贫困而常常需向人借贷，也属情理中事。对照其"壬午孟夏"批语中所述，可谓严丝合缝。

二 因姊早逝致成"废人"

《红楼梦》第十八回有几句话说："那宝玉未入学堂之先，三四岁时已得贾妃手引口传，教授了几本书，数千字在腹内了。其名分虽系姊弟，其情状有如母子。"这本是很平常叙述，一般人很难对此写下什么评语。但在庚辰本这几句话的旁边，却有侧批说：

> 批书人领至〔过〕此教，故批至此，竟放声大哭，俺先姊〔仙〕逝太早，不然，余何得为废人耶？

这是谁加的批呢？有的研究者作脂砚斋批来推论，我以为不对。这是个人自我身世感触极为明显的批语，与脂砚斋面向读者所加的多带阐释性的批并非一路，而且此批也未被以后诸本所收录。我希望读者注意一下己卯本与庚辰本的一个很明显的差别，不在正文而在批语。己卯本除前十回基本是白文本外，从第十一回起，便只有双行夹批一种格式，而不见眉批和侧批。己卯、庚辰年整理出来的是"脂砚斋凡四阅评过"的本子，所以我以为脂砚斋将自己此前的批都整理成双行夹批了。本来是并未过录他人批语的，所以己卯本如此。

庚辰本前十一回也是白文，从第十二回起，便都有双行夹批，这些与己卯本一样。但不同的是它增加了大量眉批、侧批，其中最突出的是畸笏叟批，当然也还有署名松斋、梅溪等诸公的批。我认为那是在新整理好的定本上，再过录一直存放在畸笏处的书稿上原有的其他人批语而成的。过录者有可能就是畸笏自己，所以他把己卯、庚辰以后自己再加的批也抄在上面。庚辰本上眉批、侧批中只有极少数是脂砚新加的，且署有"脂砚斋"或"己卯冬夜"之类字样。所以，我断定前引这条侧批是畸笏叟加的，若以其批语的特征来印证，更觉无可置疑。

现在该来看看畸笏叟若是曹頫对不对了。

曹寅有长女，也就是曹頫的大姊，后来称曹佳氏。康熙四十五年（1706）十一月，她嫁给了镶红旗王子讷尔苏，当时讷尔苏是十七岁。大姊大概是十六岁，应生于康熙三十年（1691）。婚后两年，即康熙四十七年（1708），她生长子福彭时，应是十八岁。康熙五十四年（1715），曹頫在其兄曹颙病故后，承嗣袭职江宁织造时，上折自称"黄口无知"，周汝昌谓"可知时年甚幼"，但未确定其几岁。假定曹頫只有十六岁，则其大姊比他大九岁；若已有十八岁，则大姊也比他大七岁，都相似小说写贾妃与宝玉"其名分虽系姊弟，其情状有如母子"。

曹頫虽血缘上只是曹寅的侄儿，但他从小就寄养在曹寅任职的江宁织造府署中，如他在袭职年《复奏家务家产折》中所云：

> 奴才自幼蒙故父曹寅带在江南抚养长大。

曹頫从小受到比他大八九岁的姊姊疼爱，在家中未正式延师教读前，先有大姊"手引口传”地教他识字读书，实在是非常符合情理的事。

大姊出嫁后，为讷尔苏生过四个儿子，是福彭、福季、福靖、福端。最小的一个出生于康熙五十六年（1717），大姊才二十七岁。我以为此后不久，她命不长，就病故了。福端自幼失母抚爱培养，所以也只活了十四岁。（见《关于江宁织造曹家档案史料》附录二《有关讷尔苏的世系及其生平简历的史料》，中华书局1975年版。）再说，从福端出生，到曹頫被革职抄没，尚有十一年时间，其间大姊必已逝世，否则曹頫虽获罪，也不至于忍辱负重这么多年。

曹頫获罪的直接原因是“骚扰驿站”，有档案史料可据。至于要赔补历年积累的亏空，已被抄没家产人口抵过了。唯有因勒索驿站所得的银两，哪怕你已倾家荡产，也得设法赔出来。如果赔不出，那就“枷号催追，应带锁者带锁催追”，直至“交完”才得“释放”。这是不久前由雍正亲自立下的“定例”。

曹頫应赔补的银两是多少呢？四百四十三两二钱。这实在不算多。王熙凤弄权铁槛寺，一开口就要老尼姑三千两银子，扬言是给小厮们做盘缠，自己一个钱也不要，说“便是三万两，我此刻还拿得出”。可曹頫那时从哪里去弄这四百多两银子呢？家破人亡后，“两代孀妇”及家属，总算在京城崇文门外蒜市口有个朝廷施舍给他们的平房住，能混口粗饭吃不饿死就不错了，哪有余力再为在押犯还钱？所以，曹頫就不能不陷入长期被“枷号催追”的苦难处境了。

当然，曹家的当家人在大牢受罪，家中的孤儿寡母们也不会见死不救。他们会千方百计向人告贷，省下半两一钱银子，攒聚起来，总想尽早凑足这笔救命钱，把他给赎出来。他们确实也尽了努力，结果交完了没有呢？从雍正六年到十三年止，在长达七年时间内，才交了银子一百四十一两，尚欠三百零二两二钱，还不到应交的三分之一。是年八月雍正病死，十月，内务府才奉旨宽免欠项人员，曹頫也在其内，这才算最终了结此劫。曹家当时的贫困悲惨境况不难想见。

枷号，作为惩罚手段，是重是轻，今人可能不甚了解，或以为是对任何犯人都普遍适用的一般性刑具。我翻看史料，则常见“重责枷革”或“重究枷责”之类用语。枷有多重呢？历代未有定制。《皇朝通典·刑·刑制》谓“枷，以干木为之，长三尺，径二尺九寸，重二十五斤”。但黄进德《曹頫考论》一文开头就说：

> 曹頫自己，扛上了六十斤重的木枷，带罪在京。（见《曹雪芹江南家世丛考》312页，黑龙江教育出版社2000年版）

究竟是二十五斤还是六十斤，我不敢断定。但我相信它作为惩处手段是相当苛酷的。《唐语林·政事下》引《国史补》曾有这样一个故事：

> 王悦为盩屋镇将，清苦肃下。有军士犯禁，杖而枷之，约曰：“百日乃脱，未及百日而脱者死。”又曰：“我死则脱，尔死则脱，天子之命则脱。非此，臂可折，约不可改也。”由是秋毫不犯。

诚然，曹頫的“枷号”，大概不会昼夜不脱，也许只是定时加于颈上枷示，但在数年时间内老要受几十斤重的木枷的重压，一个文弱书生怕是颈椎和腰部都会受到严重的伤害。如果不是雍正忽发“善心”，将他提前开释，也许挨不到皇帝驾崩的那一天就被枷死了，谁知道呢？

有人也许会想到曹𫖯的一门贵亲，即其大姊夫平郡王讷尔苏。为什么在这样紧要关头，不伸一下援手呢？虽然他在雍正四年也因罪革退王爵，但家产人口未动；别的事也许要避避嫌疑，设法命家人给曹家送去几百两银子作为接济生活费，大概不算违法吧？曹𫖯的大姊如果活着，她是不会让这个她从小带大的小弟弟为这点银子赔不上而长期受罪的。可她偏又死得太早，讷尔苏家其他人怕有牵连，但求自保，推开而唯恐不及，哪还有人愿意去招惹这个麻烦！

甲戌本第五回（此回未抄写成双行夹批格式，有的诗句正文下本就有空白，故在诗下加的单行、双行、甚至三行批，其性质实同于眉批、侧批）有判词云：

> 势败休云贵，家亡莫论亲。

其下空处有批云：

> 非经过者，此二句则云纸上谈兵，过来人哪得不哭！

我断定这也是畸笏即曹𫖯有切肤之痛所发的感慨。雪芹当然知道，也感同身受，所以小说中才有这样的话。

有研究者解释那条批中"废人"一词说：

> 此人自幼由长姐负责教读。不幸姐姐早死，此人幼年便因无人督导，致使学业荒废，老大以后，一事无成，乃自叹为废人。（赵冈、陈钟毅《红楼梦研究新编》130页，联经出版事业公司1975年版）

我的解释是：曹𫖯自获罪后，不但被革职为民，再也当不了官，还因长期"枷号"，身上落下了残疾，以致许多正常人可做的体力事，他都做不了，所以才自称"废人"；他自号"畸笏"，必定也与此有关，这一点留待后面再说。

三　"余二人"即"我们做父母的"

甲戌本第一回未抄成双行夹批格式，只有眉批和侧批，使脂砚批与畸笏等的批有时不易分辨。眉批的位置特别挤，有些眉批所在的位置，与对应的正文相比，后移了四五行，甚至有隔十行之远的。下面两条批雪芹自题一绝，特别是其中"一把辛酸泪""谁解其中味"句意的眉批就是如此。此二批本该分开的，还连抄了；该连着的，却分开了。经校改后，抄录如下：

> 能解者方有辛酸之泪哭成此书。——壬午除夕。

> 书未成，芹为泪尽而逝。余尝哭芹，泪亦待尽。每意觅青埂峰再问石兄，奈不遇癞头和尚何？怅怅！今而后，唯愿造化主再出一芹一脂，是书何幸，余二人亦大快遂心于九泉矣！——甲申八月泪笔。

前一条是说怎样的人才可能写成此书，是揭示性、说明性的；后一条是记此书未成的憾恨，是记叙性、抒情性的。二批虽都与"辛酸泪"有关，但性质不同，绝不应相混。至于"壬午除夕"四字属上批，是所署时间，不属下批，非"书未成"的时间状语，我在其他文章中已有说明，不再赘述。现在，我们把注意力集中到后批的"余二人"上，看如何解释方妥。

一些研究者以为此批是脂砚斋所加，或者说是后来又化名畸笏叟的脂砚斋。他感慨雪芹逝世，使此书致残。但这样解释难以说通的是"再出一芹一脂"句：既然"一脂"尚在人世，如何祈求"再出"一个？又若以为"余二人"即指"一芹一脂"，难道脂砚斋已预见到自己即将离世，怎么阴阳不分地跟死者混在一起说什么"大快遂心于九泉"之类的话呢？

大多数研究者以为脂砚斋与畸笏叟并非一人，其时雪芹、脂砚都已先后逝世，故畸笏叟加批伤悼之。这看法我完全同意，只是"余二人"所指，长期以来没法落实。我曾猜过也许是畸笏和杏斋。所依据的只是毛国瑶从迷失前的靖藏本中录下的一条有争议的批语，该批云：

> 前批知者寥寥。不数年，芹溪、脂砚、杏斋诸子皆相继别去。今丁亥夏，只剩朽物一枚，宁不痛杀！（按：庚辰本亦有此批，但无中间"不数年"那句列出三个名字来的话。）

从此批看，熟知小说创作情由的，连畸笏自己共四人。既然"甲申（1764）八月"（据"夕葵书屋"本存条文字）芹、脂已相继故去，那么只有杏斋和畸笏二人了；到丁亥（1767）夏，连杏斋也相继死了，岂非"只剩朽物一枚"？这样解释，似乎也通。但仍有两大疑点：一、杏斋何许人？除此批外，再也未见有别处提到；二、他和畸笏是什么关系？畸笏怎么就能不加说明地把他拉在一起而向人宣称"余二人"？所以总觉得不对头，但又无从去找更合理的另一个。

我思索了很久，直到忽记起另有一条批语也说过"余二人"，于是找出来对照，联想曹頫的处境及其与雪芹的父子关系，就豁然开朗了，原来"余二人"就是"我们做父母"的意思。

那是在第二十四回，贾芸来到母舅卜世仁家，打算向开香料铺的舅舅赊些冰片、麝香用，却被舅舅冷嘲热讽地数落一顿，赊欠不着，倒受了一肚子气。有侧批云：

> 余二人亦不曾有是气。

俞平伯以及有些研究者，说畸笏叟大概是雪芹的舅舅，便是从这条批语得出来的。其实，不能作这样的推断，这完全看反了。因为书中描写的是贾芸受舅舅的气，而不是舅舅生贾芸的气。再说，舅舅叫卜世仁，谐音"不是人"；在此批之前后，还有一些应同为畸笏所加的侧批，在提到卜世仁姓名时，说：

> 既云"不是人"，如何肯共事？想芸哥此来空了。

在写到舅舅教贾芸低声下气，去跟贾府大房里的"管家或管事的人们嬉和嬉和，也弄个事儿管管"时，批道：

> 可怜可叹！余竟为之一哭。

在写到"贾芸听他唠叨得不堪，便起身告辞"时，批道：

有志气，有果断。

畸笏的态度十分明显。贾芸之娘舅的可憎可恶的势利嘴脸，在书中被雪芹刻画得入木三分，批书人何至于反而去对号，说此处之舅舅是写自己呢？所以，说畸笏是雪芹舅舅，是没有理由，也站不住的。

如果畸笏是曹頫，那就解释通了。曹頫被释放恢复自由后，家里除多了一个吃饭的"废人"外，并不能在经济上为全家减轻负担，上有老母寡嫂，下有垂髫童稚，夫妻二人常要向人告贷赊欠以救急，是在情理之中的。借赊之事不可能总顺利，焦急、失望、气恼也会常有。但曹頫毕竟是曾有来历的，即使遇到的是势利眼，也不过遭拒绝而已，大概还不至于受人嘲弄而深感屈辱，像曹雪芹笔下经艺术强化了的贾芸受侮时的狼狈处境。所以才说，我们做父母的虽也常常要向人告贷求助，但还不曾受过这样的窝囊气。批语实是赞雪芹写卜世仁这样的势利小人的可恶，十分成功。

再回头看本节开头引出的后一条眉批，也就顺理成章了。批语先说"书未成，芹为泪尽而逝"，这是要记述的主旨。接着便说"余尝哭芹，泪亦待尽"。雪芹英年早逝，亲友们当然都会伤悼，可除了亲生父母，又有谁会日日夜夜地恸哭不已，以至到"泪亦待尽"的地步呢？爱子以血泪生命写成的奇书，不幸成了残稿，此恨绵绵，如何弥补？遂生"造化主再出一芹一脂"，使此书得以完璧问世之想。若果能如此，我们做父母的也就死而无憾了。——这话是任何人都可随便说的吗？倘非身为父母，只是一般的亲友，会说出"大快遂心于九泉"这样极重的话吗？

四　谁能说赦就赦说删就删呢？

关于秦可卿致死的情节，雪芹原来写的与今天我们见到的不一样，这一点几乎人人都已不同程度地知道。研究者得出这个结论的主要依据，就是自称"老朽"的畸笏叟下面这条批语：

> "秦可卿淫丧天香楼"作者用史笔也。老朽因有魂托凤姐贾家后事二件，岂是安富尊荣坐享人能想得到者；其事虽未漏，其言其意，令人悲切感服，姑赦之。因命芹溪删去遗簪、更衣诸文，是以此回只十页，删去天香楼一节，少却四五页也。

上引文字是据靖藏本批语，参甲戌本批语，互校而成的。甲戌本至"因命芹溪删去"为止，作一条，并无"遗簪、更衣诸文"六字；末了"此回只十页……"等语，另作一条。但主要的意思，二本之批完全一样。我们要研究的还是畸笏的身份，即他与雪芹的关系。

有三点值得注意：

（一）所言秦氏魂谈"贾家后事二件"即应了"树倒猢狲散"俗话，败落之后，第一，祭祀的钱粮谁出；第二，家塾的供给谁给，都没有着落。如果及早规定交纳定例，多置族内共有田产，则祖宗祭祀可以不绝，子孙退可务农读书。这种事对一般读者来说，兴趣是不大的，读了也印象不深。可是对曹家人来说，就完全不同了。小说中秦氏的预见，大概在现实生活中会是曹家事后悔恨时总结出的教训。

你想，像贾氏祭宗祠那样规模的祭祖，曹頫事败后，因钱粮无人出，大概不会再有了。

务农，虽未必是自己下田，多半是雇人、收租，但得有田，曹家的私田都入了官，何况雪芹也不愿去"补地之坑陷"，读书的机会也丧失了。所以雪芹才靠自学发展其文学天才，且成了个杂家。凡此种种，曹家的当家人曹頫感受是最深的，所以读到这一段文字才会"悲切感服"。

（二）原稿中秦氏"淫丧"情节，本是曹雪芹以太史公著《史记》精神，"秉刀斧之笔"之所为，非畸笏出主意要他写的。书既是别人写的，写不写"淫丧"，是否从刀斧之笔下赦免秦氏，关您"老朽"什么事？怎么您就可以说"姑赦之"呢？难道雪芹没有写作自主权，非听您不可，您对他有那么大的权威？是的，因为这位"老朽"就是曹頫，书是他儿子写的。从封建纲常"父为子纲"的伦理关系看，这就完全不足为怪了；做父亲的是有资格代表儿子说话的，他说赦免秦氏，你就得赦她。还记得脂砚斋曾说雪芹得"严父之训"吗？

（三）"因命芹溪删去"，你掂量掂量，这是与雪芹什么关系的人才能说出来的话。

有的研究者硬是要往雪芹的女友或妻子身上扯，叫人无法理解。雪芹无论是写或是删这段情节时，至多也不过二十几岁，他哪来自称"老朽"的女友或妻子呢？就算批语是若干年后才写的，她还能老到哪里去？这且不去说它。又以为"命"字未必只有上对下、长对幼、尊对卑才可用，也有很一般的用法，相当于"教""叫"之类；还举小说中钗、黛辈在诗会酒宴上闹着玩时也用过"命"字来作为例证。要这么说，丫头鸳鸯还充当过"三宣牙牌令"的主将呢！

其实，看"命"字在什么具体情况下用，就不会搞错。它是紧接着"姑赦之"而来的，能赦免别人罪的，还不是尊长、有权威者？退一步说，就算它只等于"教""叫"，"我教他把杯子递过去"与"我教他删掉书中写好这段情节"也还是不一样的。后一种情况，用今天的习惯用语说，必定是"建议删去"或"请考虑是否删掉更好些"之类的话，哪能如此不客气地直截了当用一个"命"字，而雪芹也完全听"命"于他？我以为即使是雪芹的舅舅、叔叔、兄长，也不会如此说话。

有人说，雪芹接受意见是有原则的，如果他不同意删掉秦氏"淫丧"情节，是不会因畸笏说了，便删改的。这话也许有部分道理。因为只点出些令读者疑心的细节，本也是一种"不写之写"的手法，在揭露此类丑事上，留下一片烟云模糊之处，未必没有它的好处。但这是另一个问题，丝毫不影响我们判断如此居高临下、老气横秋说话的畸笏就是雪芹的生父曹頫。

五　常提及雪芹儿时情状

畸笏叟的批，多为眉批或侧批，也有一些是回前后的批，没有脂砚所特有的双行夹批。从这些眉、侧批中，我们发现畸笏提到雪芹早年事情的批特多。如第八回在"再或可巧遇见他父亲，更为不妥"句旁，有侧批云：

> 本意正传，实是囊时苦恼，叹叹！

"叹叹"是畸笏的习惯用语，能知作者儿时此类苦恼的，莫过其父。同回写到"贾母又与了一个荷包并一个金魁星"，又有批说：

> 作者今尚记金魁星之事乎？抚今思昔，肠断心摧。

从"尚记"二字推想，雪芹当时一定还幼小。我揣测曹𫖯在获释（雪芹八九岁）后，曾携雪芹去探望在京的某祖上老亲故交，对方老太太给雪芹一个金魁星作见面礼。这在曹𫖯看来是很大的面子，所以印象很深。但雪芹是否记得还难说，写这种细事，未必非凭自己经历不可。那时，曹𫖯已沦为贱民了，想想自家过去的荣华，一定感触良多，故有"肠断心摧"之语。

第三十八回，在写到"便命将那合欢花浸的酒烫一壶来"时，有批说：

> 伤哉！作者犹记矮𬤊舫前以合欢花酿酒乎？屈指二十年矣。

可惜批语虽有"二十年"之数而未署年份，不然便可据此而推算出是何年的事。估计雪芹可能十二三岁左右，若相差不远，是应仍随家人居住在北京崇文门外蒜市口"十七间半"内。矮𬤊舫，当是他们为形似舫船的小屋所起的室名。

第四十一回，栊翠庵妙玉请诸人品茶一段，靖藏本有批说：

> 尚记丁巳春日，谢园送茶乎？展眼二十年矣！——丁丑仲春，畸笏。

这条有署名及确切年月的批语，似是与上一条同时所加。对判断雪芹逝世之享年有参考价值。"送茶"时的丁巳是 1737 年，雪芹是十二三岁；加批时的丁丑是 1757 年，雪芹已三十二三岁了。若按有些研究者总好从雪芹享年多的去算，说他活了四十八九岁，死于"壬午除夕"，这就要比说他享年四十、死于甲申春的大上十岁。从"合欢花酿酒"或"送茶"二事看，似皆属幼年之所为，故问其"尚记……乎"或慨叹其"犹记"，这与雪芹十二三岁的年龄恰好符合。若雪芹是二十二三岁，则已成人，再玩"合欢花酿酒"游戏或给人"送茶"，恐怕都不太合适吧。所以我说雪芹甲申春死时恰好"四十年华"之说合理而可信。从二批来看，畸笏是始终亲近雪芹并对其幼年琐细小事都有记忆的人，这个人不是闲居在家里的父亲又能是谁呢？还有第二十回，批玩赌钱游戏说："实写幼时往事，可伤。"批输了一二百钱时说："作者尚记一大百乎？叹叹！"亦属此类。

第七十五回，宝玉因贾政在座，特别拘束，本来要说笑话的，想想这也不是，那也不是，只好不说。有批说：

> 实写旧日往事。

孩子怕父亲是很普遍的，未必一定是实写往事，倒是从畸笏批可察觉出做父亲的这种特殊情结。

对同一情节，脂砚的批就是隔了一层的第三者说的话了。诸如"非世家曾经严父之训者，断写不出此一句"，"非世家公子，断写不及此"等等，让人误以为作者过去曾享受过富家子弟的生活。畸笏才是真正了解雪芹儿时情况的，知道他从懂事的时候起，就没有过上一天好日子，所以他的批语也从来不谈这些，不会让人产生这方面的错觉。

当然，脂砚斋对雪芹以往的情况也有一定的了解，只是时间都比较晚。比如第四十八回，薛家人谈论薛蟠出门去做生意，说是"到了外头，谁还怕谁，有了的吃，没有的饿着，举眼无靠，他见了这样，只怕比在家里省了事也未可知"。有脂批说：

作书者曾吃此亏，批书者亦曾吃此亏，故特于此证明，使后人深思默戒。——脂砚斋。

我们由此知道雪芹也曾一度出门去谋生，举目无亲，结果吃了亏。这很可能是脂砚听雪芹自己说的：就算脂砚自己了解情况，甚至他们相约出门，也总是在雪芹长大后，能独立生活时的事。对雪芹的幼年情况，脂砚斋还是惘然无所知的。以往研究脂评的人，总是分不清某条涉及作者经历、家世的批评，是脂砚斋的还是畸笏叟的，常常一股脑儿算作脂砚斋的，这一来，自然难以理清头绪，得出正确的结论来。

六　对曹寅时代的事也常提及

曹頫是曹寅从小在江宁带大的，曹寅因政务有较长时间去扬州，也就带上他。可见彼此感情是很深的，与亲生父子没有什么两样。曹頫后来批雪芹书提到曹寅，总十分动情。

第十三回，秦可卿死后，写到"另设一坛于天香楼"时，有两条批语，一条是前面提到过的"删却！是未删之笔"；另一条唯见于靖藏本上的，说：

何必定用"西"字？读之令人酸鼻。

据批语抄录者毛国瑶说，靖藏本上"天香楼"三字作"西帆楼"，故有是批。这是不是雪芹听了要他删却此句的意见后所作的改笔，而畸笏仍有意见，以为不必定用"西"字。不过此句作"西帆楼"的文字，并没有在任何版本上保存下来，除了据说在已迷失的靖藏本中有，这就成了疑案。此外，改笔易楼名中有"西"字，畸笏又忌讳用，按逻辑推理，"天香楼"事当亦取材于雪芹祖父曹寅时代的家中传闻。

因为是丑事，所以畸笏才忌讳"西"字，以免刺痛他伤逝的怀抱。曹寅在世日，其江宁织造署内之居处，多用"西"字命名，如署内花园称"西园"，园中又有"西池""西亭"等。此外，曹寅室有"西堂""西轩"；诗集有《西轩集》，词集称《西农》；自号"西堂扫花行者"，人称"西堂公"等等。总之，"西"字几乎成了曹寅的标志性字眼，所以曹頫才会触"西"生情。

若在另一种情况下，畸笏或者就说曹頫不但不讳，反而会责怪雪芹为什么不用"西"字。第二回，贾雨村与冷子兴闲聊，谈起贾家在石头城的老宅，说到"就是后一带花园子里"时，有批云：

"后"字何不直用"西"字？

大概畸笏觉得小说在这种读者不会注意的细节处，不必故意变幻，隐去真事，倒不如直接说"西边花园子里"更有纪念意义。有趣的是另有一位批书友人见畸笏此批后，接了一句批语在后面，作为回答（甲戌本连抄成一条，其实是不同人批的两条），说：

恐先生堕泪，故不敢用"西"字。

这就和第十三回畸笏批"西帆楼"的话对上了。因为畸笏一见"西"字，便"酸鼻"，动感情，可现在却又要作者"直用'西'字"，所以那位后批者跟他开个玩笑，调侃他；言下之意是劝他不必如此容易伤感。

第五回，批《飞鸟各投林》曲说：

> 与"树倒猢狲散"句作反照。

这句俗话是曹寅常说的口头禅。如施瑮《病中杂赋》诗有"廿年树倒西堂闭"句，自注云：

> 曹栋亭公（寅）时拈佛语，对坐客云："树倒猢狲散。"今忆斯言，车轮腹转。（《隋村先生遗集》卷六）

第十三回，批"应了那句'树倒猢狲散'的俗语"句，又说：

> "树倒猢狲散"之语今犹在耳，屈指三十五年矣！哀哉伤哉，宁不痛杀！

因为话是曹寅说的，有研究者就从曹寅卒年计算起，这没有道理。这句俗话又不是曹寅的临终遗言，既是口头禅，他今年说了，去年也会说，前若干年也可能说，根本无法"屈指"计算。原来批语是针对"应了那句……俗语"而说的。所谓应验之时，就是曹頫获罪抄没、家破人亡之日。那是在雍正六年（1728）初；数到第三十五个年头，为乾隆二十七年壬午（1762）。是年畸笏的批最多，光署明时间的，从"壬午春"到"壬午除夕"，就多至四十三条，还有未署年月的。此批纪年明确，故不必再署。叹"哀哉伤哉"的，也许可以说不一定非曹頫本人不可，但说"宁不痛杀"的，就不像是别人也会说的话了；至于扳着手指头在算这个黑色日子的，真是非曹頫莫属了。

康熙南巡，曹寅四次接驾，将织造署改建为行宫，是载入清史册的大事。曹頫自然最了解，所以他加的有关的批不少。如第十六回有批说：

> 借省亲事写南巡，出脱心中多少忆昔感今！

又有批说：

> 大观园用省亲事出题，是大关键处，方见大手笔行文之意。——畸笏。

批"只预备接驾一次"句说：

> 又要瞒人。

这是畸笏在对照曹家实事，故有此语。又批"还有如今现在江南的甄家"句说：

> 甄家正是大关键、大节目，勿作泛泛口头语看。

这是在提醒读者，作者要说真事了。甄，即"真"；在书中具体描写的贾家事，往往是假的，却以甄家来点真事，故曰"大关键、大节目"。又批"独他家接驾四次"，说：

> 点正题正文。

这是说，作者用这样看似随口带出来的话，来点明他心中真正想要说的意思，所以也是最紧要的文字。批"'罪过可惜'四字，竟顾不得了"句说：

> 真有是事，经过见过。

若非上了年纪的曹家成员，无论他是什么舅舅、叔叔，能在织造署中（也是曹寅及其家属当时的居处）亲自"经过见过"康熙南巡吗？

再如第二十八回，写宝玉与冯紫英、薛蟠及锦香院妓女云儿在一起喝酒行令，有这样几句话："我先喝一大海（大碗称海），发一新令，有不遵者，连罚十大海；逐出席外，与人斟酒。"对此，畸笏有两条批说：

> 大海饮酒，西堂产九台灵芝日也。批书至此，宁不悲乎！——壬午重阳日。
>
> 谁曾经过？叹叹！西堂故事。

为表现冯紫英、薛蟠等人的豪爽个性，写大碗喝酒是很自然的，亦属常事。所以书中的描写未必一定如批书人所言是取材于作者出生很久之前爷爷时代的故事。但这无关紧要，关键在于批书人是亲自经历过曹寅时代西堂中"大海饮酒"的一次宴会的；也许就是为庆贺西堂种植的灵芝忽然长出九层枝瓣的祥瑞而举行的吧。这又不会是随便找出一位亲友中的长者来就有条件参加的。凡此种种，目标无不都指向曹𫖯。

七　抄家留下难忘的记忆

雍正皇帝下旨抄没曹𫖯家，时间是雍正五年十二月二十四日，将递送密旨行程和到达江宁后部署策划的时间加起来，负责执行的范时绎实际动手查抄的时间，是可以有个大体上推算的，具体日期虽说不太准，但应在正月元宵节前夕，这已是不少研究者的共识。这一点也是可以从畸笏批语中得到印证的：

第一回，甄士隐拖三岁女儿英莲看街上热闹，遇一僧一道，那僧人一见就大哭，要士隐把女儿——所谓"有命无运，累及爹娘之物"舍给他。士隐不理睬，他就大笑起来，念了四句诗：

> 惯养娇生笑你痴，菱花空对雪澌澌。
>
> 好防佳节元宵后，便是烟消火灭时。

在甲戌本中，"好防佳节元宵后"句旁，有侧批说：

> 前后一样，不直云"前"而云"后"，是讳知者。

癞僧的诗是对甄士隐说的，暗示两件事：第一，痴心疼爱的女儿英莲，从元宵节后，要改变命运，只能过悲惨生活了；第二，甄家又被突如其来的一场大火烧得精光，"只有他夫妻并几个家人的性命不曾伤了"。两件事是连着发生的（本是同一件事，今分作二事写），对甄家来说，真可谓一败涂地，"烟消火灭"。

大家知道，写在小说开头的甄士隐的故事，有点像话本中的"得胜头回"，是整部书故事情节象征性的缩影。所以，"烟消火灭"与"落得片白茫茫大地真干净"都同样象征贾府的彻底败亡；同样，甄英莲也是群芳薄命的象征。可曹雪芹高明处，还在于这个小故事又可成为曹家真实遭遇的象征，是所谓"一击两鸣"的。而批书的畸笏更着眼于后者。

甄英莲被父亲抱着看街，见僧道时，是夏天，书中说她"年方三岁"，过了年到元宵，虚岁是四岁；作者曹雪芹卒于甲申（1764）春，享年四十（古以虚岁算），往上推，当生于雍正三年（1725），到抄家的雍正六年（1728），恰巧也是四虚岁，从此改变了命运。这是偶然的吗？我以为并非偶然。当然，我不是像有些人一说到小说中某一艺术形象用了某人的真事，便以为这形象整个地是在影射某人。曹雪芹与甄英莲相同处，只是也从三四岁起，过着苦日子，成了"有命无运，累及爹娘"要为他操心的人而已。他倒并没有从小被人贩子拐卖等等的事。

畸笏对他家被抄事发生在元宵前夕，记得太清楚了，也只有曹家的人才能记得那么清楚。他拿小说与现实去对号，这才批道：元宵"前"与元宵"后"其实是一样的，这里不说"前"而说"后"，是为了不让知情人看出这里隐去的真事。对这个倒霉日子有如此刻骨铭心记忆的人，怕是在曹家也不多吧？

第十三回末尾，凤姐受贾珍之托，准备协理宁国府、操办秦氏丧事前，曾在家细细分析宁府种种弊端，她归纳为五条，畸笏有眉批说：

> 旧族后辈受此五病者颇多，余家更甚，三十年前事见书于三十年后，令余悲恸，血泪盈面。（甲戌本眉批）
>
> 读五件事未完，余不禁失声大哭，三十年前，作书人在何处耶？（庚辰本眉批）

这里"三十年前事"，显然等于说"事败抄没之前的事"。这样，从雍正六年（1728）起，数到三十，应是乾隆二十二年（1757）丁丑。这一年正是畸笏加批之年，其批"谢园送茶"一条，即署作"丁丑仲春，畸笏"；只不过在"壬午"年之前，他的批署名号、时间极少见而已，但实际数量并不少。

从"血泪盈面""失声大哭"等语看，批书人必定是所举种种弊端的受害者、事败抄没的亲历者，而不可能仅仅是这一事件的旁观者。他读此五件事，怅触感伤不已，恨不能早早听到如此洞察弊端的话，现在再引以为戒也晚了，故叹云："三十年前，作书人在何处耶？"意谓三十年前，为什么没有这样的作书人呢？或谓作书人若能早三十年前写此书多好！总之表示以不能及早读到此书为恨。有人断章取义说，既言"三十年前作书人"，则书作于三十年前无疑，以此否定曹雪芹是此书的原作者，这实在是极大的误解。这里的问句只是表示感叹，是根本无须回答的。"作书人在何处耶？"既与作书人当时是否已出生或已逝世无关，更与他居住在何处不相干。这种以问句表感叹的用法，在诗文中是常见的，如李贺写冬季宫中寒冷说："御沟冰合如环素，火井温泉在何处？"（《河南府试十二月乐词·十一月》）即是。

我们难道不能从畸笏如此追悔莫及的嗟叹中看出他的实际身份吗？

八 对作者行文妙处留语慰勉

在脂砚斋批语中，曹頫常被称作"严父"，其实，严父也有慈爱的一面，当雪芹写出实在精妙绝伦的文字时，他除得意外，也会情不自禁地流露出父子间的脉脉温情。

第二十七回，写黛玉葬花一段，畸笏有条批，两种本子略有不同：

> "开生面""立新场"，是书多多矣！唯此回更生更新。非阿颦断无是佳吟，非石兄断无是情聆赏。难为了作者了。故留数字以慰之。（甲戌本眉批）

"开生面""立新场",是书不止《红楼梦》一回,唯此回更生更新。且读去非阿颦断无是佳吟,非石兄断无是章法行文,愧杀古今小说家也。——畸笏。(庚辰本眉批)

此外,靖藏本亦有此条,其结尾说:"难为了作者,且愧杀古今小说家也,故留数语以慰之。"很显然,这是把两种不同结尾都凑合在一起了,语句不顺畅,接合痕迹宛然。

批语开头六字,取自甲戌本第五回回目:"开生面梦演红楼梦　立新场情传幻境情"。由此可证,甲戌本上此回回目是作者原拟的,这也符合雪芹对仗常用叠字的习惯,到庚辰本,此回回目被人改成"游幻境指迷十二钗　饮仙醪曲演红楼梦",却仍过录了此条批语,这一改,开头三四句就有点不知所云了。

可以看出,甲戌本的批语写得比较早,雪芹尚健在,故畸笏有"难为了作者了,故留数字以慰之"的话。庚辰本上的批语,大概是雪芹逝世之后,畸笏再整理自己的批语时,改写了几句已不适用的结尾。批语所考虑的阅读对象也因此而改变了,本来主要是写给作者看的,经改写后成了给一般读者看的了。

能窥见畸笏与雪芹之间关系的,只有甲戌本上的批语;它话虽不多,但字里行间都透露出作为父亲的畸笏的欣喜和对辛苦写书的孩子的一片爱心。

九　特别关心书稿与有权保存遗物

从种种迹象看,在曹雪芹的成书过程中,畸笏叟都扮演着书稿总管的角色,有时此总管的权力还很大。这是合乎情理的。在封建时代,连儿子本人也属父母所有,儿子写成的书稿,当然在很大程度上可算作是做父亲自己的东西,除了不改变书的作者是曹雪芹这一名义。

再说,此书虽则只是以虚构的故事情节、人物形象为主的小说,而非曹氏家史,但作者要表达的感受、想象的基础和情节发展的主体架构,却来自现实生活,特别是自己家庭今昔变化的种种见闻,同时又花去雪芹十年心血,所以,书更与曹家息息相关。畸笏也因此自始至终都在关心此书的写作情况,并加入到书稿的加批、誊清、校对等整理工作的进程中去。从雪芹曾遵其命删去天香楼情节一事看,畸笏无疑是最早的介入者,当然,可能还有雪芹早逝的弟弟棠村。

小说的第十七、十八回,甲戌本缺,己卯、庚辰本未分开,只作字数特多的一长回,回目也只是一个,叫"大观园试才题对额　荣国府归省庆元宵"。回前有一批说:

　　此回宜分二回方妥。

这条较早的批语完全是对作者说的。希望他最后再考虑将此回分开,所以极可能是畸笏加的。这种有偶尔存在长回的现象,说明作者在写作时,不是先一一拟妥回目文字和回次,而只是草拟一个像回目草稿似的情节提示,或叫写作提纲,待写完初稿后,再分回拟目或调整初拟的章回的。如果原先只打算写一回的,写得长了,就可以分成两回。除第十七、十八回外,第七十九、八十回的情况也是如此。在列藏本中,就还没有分开,第七十九回是其最后一回而内容却包括了第八十回。我说过,作者生前没有把书上的批语都看一遍,去做改正讹误、补上缺漏、统一体例等扫尾工作,所以后来的调整分回和重拟回目的那部分工作，都是别人做的，非出自作者之手。

第二十二回，贾府上自贾母，下到姊妹兄弟，都制春灯谜，到惜春谜止（谜底尚未揭晓），后面就破失了，不知还有什么人做什么谜，回目上说"悲谶语"的贾政也没有看完。畸笏便在惜春谜上加眉批说：

> 此后破失，俟再补。

以后，畸笏又先后加两批于回末，说：

> 暂记宝钗制谜云：
>> 朝罢谁携两袖烟，琴边衾里总无缘。
>> 晓筹不用鸡人报，午夜无烦侍女添。
>> 焦首朝朝还暮暮，煎心日日复年年。
>> 光阴荏苒须当惜，风雨阴晴任变迁。
>
> 此回未成而芹逝矣，叹叹！——丁亥夏，畸笏叟。
>
> （庚辰本眉批。靖藏本"此回未成"作"此回未补成"）

现在看到的本子上，惜春谜后至回末，各种版本的文字包括谜语都颇有差异，除宝钗之"朝罢谁携"七律一首是畸笏凭记忆写出或据曾抄录此谜者抄得或雪芹自己告诉他的原稿文字外，其余均属后人增补文字。甲辰本还将宝钗谜改属黛玉，并加批说："此黛玉一生愁绪之意。"又另增宝玉镜谜和宝钗竹夫人谜而加批说："此宝玉之镜花水月。""此宝钗金玉成空。"可见较晚的甲辰本已有后人之批混入脂批内。程高本此处文字则全据甲辰本。有人说："朝罢谁携"一谜，从文字含意看，本该属于黛玉，畸笏谓"宝钗制谜"，当是误记。其实不然，畸笏并未搞错。因非本文讨论范围，此谜之解释和当属谁问题，请参见拙著《红楼梦诗词曲赋鉴赏》（中华书局 2001 年版）。

畸笏对书稿是否完好无损的关心，于此可见一斑。

第七十五回"赏中秋新词得佳谶"，回前又有畸笏批云：

> 乾隆二十一年五月初七对清。缺中秋诗，俟雪芹。
> □□□开夜宴　发悲音
> □□□赏中秋　得佳谶

乾隆二十一年丙子为 1756 年。此回内写宝玉、贾兰、贾环三人中秋夜都作了诗，却不见诗作。从诗递给贾政看后，都接"道是""写道是"字样，对诗作还有评论，回目还点出"得佳谶"来看，可知非略去；今有畸笏批证明是尚缺待补。回目对句的每句中间缺二字，似最初尚未考虑停当；今已用"异兆""新词"字样补足，但不知是否出自雪芹之手。

这些批语可看出畸笏校对工作的主动、细致、认真。

再有一件事也看出畸笏对此书的热情。第二十三回，"黛玉葬花"一段，先有批说：

> 此图欲画之心久矣，誓不遇仙笔不写，恐亵我颦卿故也。——己卯冬。

己卯冬是脂砚斋加批的时间，可知脂砚早有心请一位高手来为"黛玉葬花"作画，但心愿未能实现。畸笏见批后，便将此事放在心上，也一直在为此物色对象，直到七八年后，雪芹、脂砚都已在此之前相继过世，他还为错过一次好机会而遗憾地加批道：

> 丁亥春间，偶识一浙省新发，其白描美人真神品物，甚合余意。奈彼因宦缘所缠，无暇，且不能久留都下，未几，南行矣。余至今耿耿，怅然之至。恨与阿颦结一笔墨缘之难若此。叹叹！——丁亥夏，畸笏叟。

陈庆浩兄谓："按一般以此'浙省新发'为余集。余集（1738—1823），字蓉裳，号秋室，浙江仁和人。'乾隆时以白描美人著称于世。'乾隆三十一年丙戌进士。"……丁亥年（1767），为余集中进士的次年，时年三十岁。

此事又见畸笏为此书增色之心，久而弥坚。

再就是丁亥年他对此书有"五六稿被借阅者迷失"所造成的不可弥补的损失的清点和慨叹。因为后面谈书稿致残时还要详说，这里就略去不说了。

此书的作者手稿和八十回后未抄出的残稿，雪芹死后，一直保存在畸笏手中，这是可以由他还在继续于书稿上加批语证明的。雪芹死于甲申春，畸笏的"甲申八月泪笔"，即是雪芹逝世半年后所加（"甲申八月"在甲戌本上抄成"甲午八日"，因有夕葵书屋本留下此批残页可校，知"甲午"为"甲申"之讹，"日"为"月"之讹）。丁亥年批甚多，这已是作者卒后三个多年头了。

靖藏本有未明其所在正文的长批（陈庆浩兄《辑录》中暂系于第十七、十八回中），引庾信《哀江南赋序》一大段文字，然后说：

> 大族之败，必不至如此之速，特以子孙不肖，招接非类，不知创业之艰难。当知"瞬息荣华，暂时欢乐"，无异于"烈火烹油，鲜花着锦"，岂得久乎？戊子孟夏，读《庾子山文集》，因将数语系此。后世子孙，其毋慢忽之！

曹頫被抄家问罪的公开罪状，我们可以从历史档案中查到，但东窗事发与事态发展的细微曲折原因，并不是我们弄得清楚的，而它有时恰恰可以起着关键性的作用。这里"子孙不肖（像是有自责之意），招接非类"八字，或许真是推究其中隐情的一条重要线索。署年"戊子"，于此初见，为乾隆三十三年（1768），已在雪芹去世四年之后，其时，畸笏应是古稀老人了。

从以上所引材料看，畸笏对书稿的整理状况是极为关心的；对一部本已完稿了的大书最终致残的痛心和憾恨又是那么的强烈，你说，这位畸笏老人该是谁呢？

特别是雪芹逝世后，作者身后留下的手稿已成唯一最重要的遗物，其所有权不属于他最至亲的家属又该归谁呢？畸笏若不是曹頫，他在雪芹在世时，或可代他保管书稿，作者死后，他还能不归还作者家属而长期占为己有吗？而且年复一年地继续在上面加批，毫无顾忌地向世人公开宣示：书稿已归他所有，这实在是不可想象的事。

十　自号"畸笏"的含义可思

曹頫为什么要自号"畸笏"呢？它究竟有什么含义？

　　"畸",有残、废、零落、不偶等义。"笏",是臣僚朝见皇帝时用的板子,通常用木、竹制成,也有用象牙的,可视作为官者的标志;如家中为官者多,就说"笏满床"。二字组合在一起,意思与丢了官的人或没落世家相近;也与小说中所写"为官的,家业凋零"差不多。曹頫获罪革职后用以自号,最切合其身份。

　　再从另一个角度看,曹頫在押时,因无力赔补"骚扰驿站"须交出的欠银,长期受"枷号"之苦,落得身体受伤致残,故自称"废人"。"畸",亦即残废;"笏"与"頫"可谐音,则"畸笏"岂不就是"废人曹頫"了吗?

　　综上所述,我的结论是:无论从哪一方面看,畸笏叟都只能是曹頫。

2003 年国庆黄金周北京—浙江旅次

解读脂评"索书甚迫"条

　　庚辰本第二十一回，写宝玉"趁着酒兴""续"（现代人叫"活剥"，即"套"或"改"）《庄子·胠箧》一段文字后，"掷笔就寝"，次日早晨黛玉走来，见了"不觉又气又笑"，就提笔写了"无端弄笔是何人"一绝讥刺他。在这段情节之上，足足占了三面书眉的篇幅，写有一条长批，其中提到"索书甚迫"事，引起了一些研究者的兴趣，但因解读不同，得出的结论自然也各异。比如有人以为"索书"者是书稿的作者曹雪芹自己；也有人以为是奉乾隆皇帝之命来索要此书者。由此而引申出来的说法，哪能一样？

　　这本是一桩无法找到实据来查证的公案，就像我们无法确证曹雪芹早年由其弟棠村作序的《风月宝鉴》究竟是一部怎么样的书一样。所有各种说法都只能是揣测，其可信的程度和参考价值，全凭你所举的理由是否能成立。在述说我们对此条脂评理解之前，为了便于探讨，还是先将它引录如下：

> 　　赵香梗先生《秋树根偶谭》内，兖州少陵台有子美祠，为郡守毁为己祠。先生叹子美生遭丧乱，奔走无家，孰料千百年后，数椽片瓦，犹遭贪吏之毒手，甚矣才人之厄也！因改公《茅屋为秋风所破歌》数句，为少陵解嘲："少陵遗像太守欺无力，忍能对面为盗贼。公然折克作己祠，旁人有口呼不得。梦归来兮闻叹息：白日无光天地黑。安得旷宅千万间，太守取之不尽生欢颜，公祠免毁安如山。"读之令人感慨悲愤，心常耿耿。

> 　　　　壬午九月，因索书甚迫，姑志于此，非批《石头记》也。为续《庄子因》数句，真是打破胭脂阵，坐透红粉关。另开生面之文，无可评处。

　　脂评原有几个形讹的错字，已参考陈庆浩兄的校文作了改正。赵香梗及其著作未详，估计有可能是比批书人的畸笏叟（壬午年的批都是他加的）略早一点的清代人。脂评的格式是按原样抄的，即"壬午九月……"一段比前面文字低一二格，应是前段的跋文，犹脂评后的署年月、名号，所以应视作同一条批，而不是彼此无关的两条批。

　　可是，历来研究者大都把它当成两条批来对待。后一段文字因有"索书甚迫"四字，颇为惹眼，为大家所关心，引用频率较高，且各有对"索书"者为谁的猜测；而对前一段文字，最早作出解释的是俞平伯先生，他在《脂砚斋红楼梦辑评》头版中注明"此批与本书无涉，疑为作者自为"[①]。另外吴小如在 1962 年 6 月 5 日《光明日报》、吴恩裕在《有关曹雪芹十种》、吴世昌在《红楼探源》亦对此批作过分析。如吴小如认为"索的

---

　　① 俞平伯：《脂砚斋红楼梦辑评》，上海文艺联合出版社 1954 年版。

'书'是《秋树根偶谭》,'索者'是一位偶谈的所有者"[1]。吴恩裕先生则认为"(脂砚斋)因为欣赏曹雪芹续庄子续得好,而是时又适值雪芹索书甚急,于是就把使他感动的赵'改'的杜诗也抄在《石头记》书端,给雪芹看看,这当然'非批石头记也'"[2]。而吴世昌先生则说:"很显然,壬午九月向脂砚'索书甚迫'的正是作者。从这条说明,可知作者与脂砚斋保持经常接触,每当几回写完或改完以后,作者就交给脂砚批评。"[3]

畸笏叟为什么要把赵香梗改杜甫诗的事批在这里呢?

首先,小说的情节触发了他的联想。因为宝玉改了《庄子·胠箧》的文字。书中所说的"续",其实就是套或改。比如庄子说:"擢乱六律,铄绝竽瑟,塞瞽旷之耳,而天下始人含其聪矣……"宝玉就说:"焚花散麝,而闺阁始人含其劝矣……"庄子说:"彼曾、史、杨、墨、师旷、工倕、离朱,皆外立其德而以爚乱天下者也……"宝玉就说:"彼钗、玉、花、麝者,皆张其罗而穴其隧,所以迷眩缠陷天下者也。"这与杜甫歌曰:"南村群童欺我老无力,忍能对面为盗贼。公然抱茅入竹去,唇焦口燥呼不得……"赵氏改为"少陵遗像太守欺无力,忍能对面为盗贼。公然折克作己祠,旁人有口呼不得……"情况是一样的,所以联想及此。

但从改庄到改杜的联想,只能说明畸笏的批语加在宝玉续庄子之后书眉上的位置是不错的,却还不能使人弄清他把"非批《石头记》"的话批在此书上的意图何在。难道说他手头的纸不够用,把小说当成了记录随感的笔记本?当然不是。

请注意,"非批《石头记》"并不是"非关《石头记》",不但不是,关系还大得很哩,否则就不会批在书中。很显然,跋文特批出"因索书甚迫,姑志于此"的话来,必然跟那位兖州郡守将杜甫祠毁为己祠一事有着密切的联系。畸笏说那件事"令人感慨悲愤,心常耿耿",无异在暗示"索书"事也使他产生类似的难以释怀的愤然心情。那么,这岂不是在说"索书"者的行为也像公然将少陵祠堂毁作自己祠堂的太守那样,他凭借自己的权势地位,欺侮卑贱的曹家无力相拒,企图把《石头记》索取了去,改头换面,作为自己整理、加评的一部小说吗?是的,我们以为畸笏说的正是这个意思。

如果我们的理解不错的话,那么,"索书"者就绝不可能是作者曹雪芹或批书人的脂砚斋了。他们向畸笏索要书稿,本来就是很正常的分内事,无论索要得急迫不急迫,畸笏又何须加什么批语呢?再说,因为索书急迫,就把不相干的兖州太守将少陵祠窃为己有的事"姑志于此",哪有这样的道理?芹、脂有哪一点能与那样的事联系得上的?所以,怎么说也说不通。

那么,"索书"者有无可能是乾隆皇帝呢?也就是说使者奉旨前来"索书"?绝无可能。"壬午九月",作者还活着,书还只限于小圈子内人知道,如明义所说"惜其书未传,世鲜知者";尤其是八十回以后的手稿,更没有几个人看过。乾隆怎么就能知道民间有人在写此书,而且对它有如此大的兴趣呢?即便是作者逝世若干年后,八十回书已在社会上

① 吴小如:《读脂批石头记随札》,《光明日报》"东风"版,1962 年 6 月 5 日。
② 吴恩裕:《有关曹雪芹十种》,中华书局 1963 年版。
③ 吴世昌:《红楼探源》,北京出版社 2000 年版。

传抄开来，要说乾隆获悉后，叫高鹗去续写后四十回，那也只能是编得很蹩脚的传奇故事，一点现实的可能性也没有。倘若真有人在壬午年奉皇命前来索书，畸笏不吓死才怪呢，他还敢公开加批语将皇上比之为"贪吏"，骂他"对面为盗贼"，说自己为之而"感慨悲愤"吗？这在情理上就更说不通了。所以《脂砚斋重评石头记》被改为《乾隆御批石头记》的事是不会发生的。

此外，怡亲王府的人来"索书"有没有可能呢？没有。怡亲王府倒确实将《脂砚斋重评石头记》前八十回抄存过，现存的己卯、庚辰本，其底本应该就出自怡亲王府。这一点研究者已从该本中避怡亲王讳加以证实。但要将怡亲王与那位贪横的兖州郡守联系起来，仍然只能说是找错了对象。

雍正曾将曹𫖯交与怡亲王允祥看管，特谕示他"诸事听王子教导而行"，还说："若有人恐吓诈你，不妨你就求问怡亲王，况王子甚疼怜你，所以朕将你交与王子。"（雍正二年曹𫖯请安折朱批）这虽是获罪抄家前的事，但据研究者揣测，后来怡亲王还可能在雍正面前为曹𫖯说情，有利于减免其罪责。所以，曹家人对怡亲王府应无恶感，怡亲王府存有《石头记》早期抄本，也是顺理成章的事。

拿今己卯、庚辰本对照正文文字最可信、最接近雪芹原稿的甲戌本来看，虽可以发现己卯、庚辰本有些字句上改错、改坏、甚至妄改的地方，但在著作权的归属（包括批书人是谁）的问题上，丝毫也没有要据为己有的痕迹。相反的，正是在这个底本出自怡亲王府的本子上，还过录了大量署有批书人年月、名号的批语。畸笏叟的许多有关作者经历、家世、创作素材来源及书稿整理情况的批语，都见之于此，也包括我们上面引出来加以讨论的这条长批。所以怡亲王府也绝不可能是"索书"者。

在排除上述几类人为"索书"者的可能后，我们将目光锁定在"蒙戚系统本"上，指的是蒙古王府本和戚本（包括戚沪本、有正大字本、有正小字本、戚宁本四种）。

一般研究认为王府本和戚本是出于同一底本的姐妹本，明显不同的只是王府本没有戚本卷首戚蓼生的序。其共同底本的形成，应该是相当早的，因为戚蓼生就是与曹雪芹同时的人。据邓庆佑兄《戚蓼生研究》（载《红楼梦学刊》2003年第1辑）引1990年新编《德清县志》云：

> 戚蓼生（约1730—1792），字念功，号晓堂，德清人。乾隆三十四年（1769）进士，授刑部主事，升郎中……

这样，他只比雪芹小六七岁，与敦氏兄弟年岁差不多。他为《石头记》作序未署年月，想亦不会太晚，其所据底本当更早些。

蒙戚系统的本子费很大心思地作了一番整理加工是非常明显的；但同样明显的，是它利用了《脂砚斋重评石头记》的成果而去掉了原书中作者与批书人彼此有密切关系和共同合作的种种痕迹。经过重新整理加工后的书，虽仍有许多批语，却好像与脂砚斋、畸笏叟、梅溪、松斋等批书人已毫无关系，甚至连《石头记》的作者是谁，也只能凭小说的叙述去推测而更无别的材料可作佐证。这具体地表现为下列几方面：

一、书名从《脂砚斋重评石头记》被改为《石头记》。

二、凡提及"雪芹""芹溪"之名号的脂批，都不选用。署时在壬午之后的批，如"书未成，芹为泪尽而逝。余尝哭芹……今而后，惟愿造化主再出一芹一脂……""此回未成而芹逝矣……"等当然没有，可不计在内外，诸如下列脂批也一概不见：

> 雪芹旧有《风月宝鉴》之书……
>
> 若云雪芹披阅增删……
>
> 余谓雪芹撰此书，中亦有传诗之意。
>
> 此等才情自是雪芹平生所长……
>
> 姑赦之，因命芹溪删去……
>
> 缺中秋诗，俟雪芹。

甚至连提及作者先祖曹寅时代事的批语："'树倒猢狲散'之语今犹在耳，屈指三十五年矣，哀哉伤哉，宁不痛杀！""借省亲事写南巡，出脱心中多少忆昔感今！""又要瞒人。"（批"只预备接驾一次"句）"点正题正文。"（批"独他家接驾四次"句）"真有是事，经过见过。"（批"'罪过可惜'四字竟顾不得了"句）"谁曾经过？叹叹！西堂故事。""大海饮酒，西堂产九台灵芝日也。批书至此，宁不悲乎！壬午重阳日。"（批"有不遵者连罚十大海"句）等，也都不选。在这些批语前前后后的批语，只要不提供曹家事具体线索的，倒有不少都被蒙戚本采用。这又是为什么？

三、将脂砚斋、畸笏叟等批书人的署名全部删除，也删除可推断批书人的署时。最引起研究者注意的是对脂砚斋署名的删除：个别处是简单的删除；大部分则是在删名处又添加上一二个字，很像是在填补删后的空缺。以第十六回为例，我们选引数条，将己卯、庚辰本与蒙府、戚序本作个对照：

> 1. 所谓"好事多魔"也。脂研。（己卯、庚辰本）
>   所谓"好事多魔"也，奈何！（蒙府、戚序本）
> 2. 补前文之未到，且将香菱身分写出。脂研。（己卯、庚辰本；庚辰漏"分"字）
>   补前文之未到，且并将香菱身份写出来矣。（蒙府、戚序本）
> 3. 问得珍重，可知是外方人意外之事。脂研。（己卯、庚辰本）
>   问得珍重，可知是外方人意外之事也。（蒙府、戚序本）
> 4. 于闺阁中作此语，直与《击壤》同声。脂研。（己卯、庚辰本）
>   于闺阁中作此语，直与《击壤》同声者也。（蒙府、戚序本）
> 5. 再不略让一步，正是阿凤一生断处。脂研。（己卯、庚辰本）
>   再不略让一步，正是阿凤一生绝断处。（蒙府、戚序本）
> 6. 写贾蔷乖处。脂研。（己卯、庚辰本）
>   写贾蔷乖处如见。（蒙府、戚序本）
> 7. 调侃"宝玉"二字妙极！脂研。（己卯、庚辰本）
>   调侃"宝玉"二字妙极，确极！（蒙府、戚序本）

蒙戚本因删而添的尾巴都不大像样：例1的"奈何"，纯属无谓。例2的"写出来矣"，实在滑稽，文言文哪有这样写法的？例3原句中已有"是"字，何用再添"也"。例4"者也"，也是蛇足。例5己卯、庚辰本"断处"的"断"是错字，甲戌本上原来是"短处"，乃音讹。蒙戚本正要添字，便改成了"绝断处"，难道是"决断处"的意思？也不对啊！由此倒也看出其过录批语的来源。例6本是提示性的话，加"如见"，成了赞语。例7既是"调侃"，言"妙"即可，何用言"确"。周汝昌曾有过"他好像不明白这个署名是什么玩艺儿，不但删去，而且还添上别的字充数"的话。其实，那位删署名者并非不明白，而应该说是处心积虑。他最初所依据的原书书名明明标着"脂砚斋重评"字样，岂能不知？现在里里外外之名都一齐删除干净，还不是有意抹杀？至于畸笏，不但不保留其名号，就连他的批也很少选用，大概是因为他说到作者、写书和他本人的"内情"太多（或许索走的本子中，本来就不含有畸笏的批语）。

　　对揣测之所以出现删名又添字的情况，不少研究者已谈过自己的看法。比较一致的看法，认为有人对手中的抄本作了"贴改"，而此人即为新出现的一个批书人"立松轩"。由于他定的方针是要去掉书中一切批书人的姓名痕迹，在行侧批中出现"脂砚"一名时划去即可。但在双行小字批中，当将"脂砚"等字去掉后，双行批的位置上就多出了一些空白，这当然有些不伦不类，故立松轩就在这些空白处加上了"别的字充数"。

　　四、新出现了批书人"立松轩"。如果重新整理加工的书，一概去掉名号倒也罢了，却又署上了《脂砚斋重评石头记》中从未见过的新名号。这是在第四十一回回前题诗之下，曰：

　　　　任呼牛马从来乐，随分清高方可安。自古世情难意拟，淡妆浓抹有千般。

　　　　　　　　　　　　　　　　　　　　　　　　　　　　立松轩

　　类似这样的回前诗词曲文、回末总评还有很多，回内也有新出现的批语，因此陈庆浩、郑庆山等研究者先后把蒙戚系统内本子称之为"立松轩本"或"立松轩评本"。这一来，《石头记》就改换门庭，从脂砚斋一变而成为立松轩了。

　　五、蒙戚本新加了许多独有的评语，回前的诗词曲文尤有自己风格。在回内加的侧批，令一般读者很难分辨出它与抄成双行夹批的脂评有什么不同。但毕竟也留下了破绽。

　　庚辰本的首回开头"此开卷第一回也"一大段文字是脂砚斋批的回前评（与甲戌本《凡例》末条文字略同），这已是许多研究者的共识。但却抄成与正文一样的格式（本应低一格抄），所以后来大多数本子都误作正文开头，蒙戚本亦如此。这段文字是没有脂评的。道理很简单，脂砚斋是不会给自己的文字加批语的。可是蒙府本却在这段文字中也加了数条侧批。其中对"然闺阁中本自历历有人，万不可因我之不肖，自己护短，一并使其泯灭"数句，加一侧批云：

　　　　因为传他，并可传我。

　　很明显，这里的"他"，指的是闺阁中人；"我"，指的是"我之不肖"的"我"，即作者自己。这样理解有下一页对"三万六千五百零一块"句的新加侧批可证，曰：

数足。偏遗我；不堪入选句中透心眼。

这个"我"，指的是被遗弃的补天石，与前例是一样用法，绝非指批书人自己。可是，就有研究者把"因为传他，并可传我"八字，当成了脂砚斋的批，又把"我"理解成脂砚自指。于是以此为例来证明脂砚斋是女性，是史湘云，是雪芹之妻。这实在是上了立松轩的当，如果这条批语确是立松轩写的话。我们想说的是蒙府本中批语既然都无署名，将自己的批与脂批抄在一起，便有鱼目混珠之嫌。

六、凡己庚本未分妥回、未拟定回目或回末破失处，在蒙戚本中都一一分妥、拟定、补齐；原缺的两回，也有了（倒未必是后人补写的，因非本文议题，兹不赘）。这样做，除了未存原貌外，对一般读者来说，还是很有优势的。

现在，回到我们讨论的主题上来。蒙戚本要整理成现在所见到的样子，实在是很不容易的事，工作相当认真，所花的工夫也很大。恐怕随便得到一个抄本（在早期，外界抄本还很难找）还未必能整理成这样。向《石头记》书稿校订、保存者畸笏叟"索书"抄录、核对、补漏等，也都是情理中事，可能还透露过自己的意图，甚至还说了些仗势欺人的不入耳的话；或者畸笏早对索书者之为人有所耳闻，或者竟是在交涉过程中了解到对方欲抛开脂砚等原班人马，另起炉灶来整理此书，向外界推出的打算。于是愤愤然地想：这岂不与赵香梗说贪吏将少陵祠"公然折克作己祠"的情况一样，你明明是"公然折克作己书"嘛！——我们以为这就是畸笏要加这条长批的原因。

我们判断，索书者是有爵禄有权势地位者，所以他提出要求时，沦为贱籍的曹家或畸笏、脂砚等人尽管很不情愿，却无法拒绝，也得罪不起；此人大概不算曹家平时交往甚密的亲友，但却可能认识或有着某种旧时关系，所以才有机会能闻知有关小说的讯息，事先读到过小说抄本，起了要整理它的念头。

周汝昌在其《影印〈蒙古王府本石头记〉序言》中曾指认所谓蒙古王府是"佟氏世家"，故人称"立松轩批"的，他称"佟批"，还把本子也称作"佟批本"。尽管这只是一种推测，并非有什么确实的资料佐证，但我们仍然觉得有参考价值。只是周先生的《序言》中有一段出于想象的话是我们难以苟同的，他说：

　　她（指畸笏或脂砚，周先生以为是雪芹的妻子）因境遇异常不幸，打击沉重，精神体力，早已难支，故仅仅理出前数十回，即无力续做。此时雪芹已逝，孤苦伶仃，无所依赖，遂向佟府旧识子弟行中觅请可以继志之人，付托重任，务使芹书不致湮废。于是方有"立松轩"出而承担——是为"蒙戚系"抄本之真正的编整、批阅、传录者。

本文前面所述种种，与"继志""付托"之说颇有抵触，是我们不敢附和的主要原因。

我们认为蒙戚本在脂评抄本系统中还是有重要价值的。因非本文讨论范围，因而略去未谈。望读者勿认为我们在贬低蒙戚本的贡献和重要性为幸。如果本文对"索书甚迫"一批的解释是正确的话，那么对于《红楼梦》早期抄本的研究来说，至少可以解决以下两个问题：

一、对蒙戚四本（有人称之为"立松轩本"）的来源可以有个明确的说法。

二、蒙戚四本应形成于壬午年（1762）后的一二年之间，是个很早的本子。

2004年五一黄金周于北京天通苑、东皇城根南街，

本文收入《纪念曹雪芹逝世240周年2004扬州

国际红楼梦学术研讨会论文集》，文化艺术

出版社2004年10月版，署"杜春耕，蔡义江"

《红楼梦》续作与原作的落差

一 变了主题，与书名旨义不符

《红楼梦》是一部描绘风月繁华的官僚贵族大家庭到头来恰似一场幻梦般破灭的长篇小说。这里可以把我们称之为"主题"而脂砚斋叫做"一部之总纲"的那"四"句话，再引用一次：

> 那红尘中有却有些乐事，但不能永远依恃；况又有"美中不足，好事多磨"八个字紧相连属；瞬息间则又乐极悲生，人非物换；究竟是到头一梦，万境归空。（第一回）

所以，在警幻仙子说到有"新填《红楼梦》仙曲十二支"时，脂砚斋批道："点题。盖作者自云所历不过红楼一梦耳。"又另有批说："红楼，梦也。""红楼"是富贵生活的象征，则书名《红楼梦》其实也就是"繁华成空"的意思。所以，故事的结局是"家亡人散各奔腾"，是"树倒猢狲散"，是"好一似食尽鸟投林，落了片白茫茫大地真干净"。

可是这一主题或总纲，在续书中被改变了。贾府虽也渐渐"式微"，却又能"沐皇恩""复世职"，还预期未来说："现今荣、宁两府，善者修缘，恶者悔祸，将来兰桂齐芳，家道复初，也是自然的道理。"（第一二○回）这就根本说不上是"到头一梦，万境归空"了。倒是宝、黛、钗的恋爱婚姻，有点像一场梦幻。所以如果全书依照续作者的思路，小说只能叫《良缘梦》之类书名才合适。毕竟大家庭的荣枯，与恋爱婚姻的成败并非一回事，其间也没有必然的联系。

说到这里，我想起当年拍成电影，由徐玉兰、王文娟主演的越剧《红楼梦》，它就是部典型的《良缘梦》。当时反响强烈，至今余音不绝。这首先得归功于编剧，他在原著和续作两种不同思路中，敢于只取其中一种而舍弃另一种，他按照续书中写宝、黛、钗的封建婚姻悲剧为主的发展线索去编写，于是前八十回中，凡与这条线关系不大的人物、情节，都一概舍弃，诸如甄士隐和香菱的故事，包括贾雨村、秦可卿之死与大出殡、元春省亲与修建大观园、刘姥姥进荣国府及游园、众姊妹结社赋诗、二尤姊妹的悲剧、探春的兴利除弊、抄检大观园、晴雯之死、迎春受包办婚姻之害等等，都一律砍掉，也不管它在雪芹原来构思中有多么重要。在处理钗、黛间的关系上，也扬黛抑钗，暗示彼此是"情敌"，绝不提她们经过一段含酸的你讥我讽后，互相以诚相待，倾吐内心真实的想法，以释往日的疑虑与误会，从而结成了"金兰"友谊的情节，如"蘅芜君兰言解疑癖"（第四十二回）或者"金兰契互剖金兰语"（第四十五回）等章回，为的就是与表现钗欲取黛而代之的思路一致。越剧就其本身而言是成功的，但也不过在《孔雀东南飞》《梁祝》《西厢记》《牡丹亭》等作品外，又增加了一个写封建恋爱婚姻的故事；若就雪芹原作的构思而言，则应该说是一种颇为彻底的篡改。

　　但这样的篡改，责任不在编剧而在续书。既然最终要写成恋爱婚姻悲剧，还要前面那许多与此无关的人物情节何用？前几年南方又新编越剧《红楼梦》，想在前面增加那些被旧编越剧删去的部分，诸如元妃省亲之类，以为能够丰富内涵，接近原著，其实只能增加枝蔓，成了累赘。我一听到消息，就断言吃力不讨好，非失败不可。果然，新编的不及旧编远矣。

　　周雷、刘耕路等编剧，王扶林导演的电视连续剧《红楼梦》（俗称"87 版红楼梦"——编者注）也是只想保存一种思路，与越剧相反，他们选择了尽量寻找雪芹原作构思之路。这样，占了三十集的前八十回情节，尽管改编的艺术功力不高，也还是让许多未认真读过原著的人得到一个全新的印象，反应甚好。最后六集是八十回后的情节，他们探索着一条崎岖难行之路：根据某些红学家的一些探佚看法来编，这当然很难讨好，不被普遍认可，还招致非议，却也普及了一点红学常识：原来《红楼梦》后四十回非雪芹所作，它本来还有另一种与我们能读到的很不一样的悲剧结局。

　　总之，续书让黛玉死去、宝玉出家，在一定程度上保持了小说的悲剧结局虽属难得，但悲剧被缩小了，减轻了，其性质也改变了，且误导了读者。

二　过于穿凿，求戏剧性而失真

　　曹雪芹在创作上有个崇高的美学理想，或者叫美学原则，是许多从事文学创作的人所未能意识到或者即使意识到却达不到，或者不能自觉地去遵循的，那就是要竭力追求生活真实与艺术真实的高度统一、完美结合。因此，不同的作者在运用文学艺术创作所必不可少的虚构时，就可能产生巨大的差异，结果自然也就完全不同了。雪芹曾通过其虚拟的小说作者石头之口说：

　　　　至若离合悲欢、兴衰际遇，则又追踪蹑迹，不敢稍加穿凿，徒为供人之目而反失其真传者。

　　这话真是说得太好、太重要了。所谓"穿凿"，在理论上是任意牵合意义以求相通，在创作上就是不合情理地编造情节以求达到"供人之目"的效果。

　　续书中编造宝玉婚姻的"调包计"情节，就是最典型的"穿凿"例子。比如贾母，本来何等宽厚爱幼，明白事理，续书竟以焦仲卿阿母形象来写她利欲熏心，冷面寡恩，竟至翻脸绝情，弃病危之外孙女于不顾，这合乎情理吗？凤姐是有算机关、设毒计的本领，那也得看对谁，是不是侵犯了她自身利益。在贾府这许多姊妹兄弟中，她算计过谁？谋害过谁？就连鸳鸯、晴雯这样的丫头，她也从不肯为虎作伥，助纣为虐，何况是对她处处爱惜的宝玉和钗黛，她能出这样不计后果又骗不了谁的拙劣的馊点子吗？

　　还有雪芹曾写过"慈姨妈爱语慰痴颦"中的薛姨妈，怎么也会变得那么虚伪藏奸、愚昧无知，竟同意女儿去当替身，做别人变戏法的道具？而一向"珍重芳姿"、自爱自重的宝钗居然会那样屈辱地让人任意戏弄？最不好处理的当然还是既"天分高明，性情颖慧"又"行为偏僻性乖张"的宝玉，所以只好让他"失玉"成"疯癫"，变成可以任人摆布的一枚棋子。所有这一切，不是为了增加"供人之目"的戏剧性效果而大加穿凿是什么？还有什么生活真实与艺术真实可言？

金玉成婚拜堂与绛珠断气归天，被续作者安排在同一天同一个时辰内，这边细乐喧阗、喜气洋洋，那边月移竹影、阴风惨惨，虽渲染得可以，但也属穿凿之笔，也是"为供人之目反而失其真传者"。

也许有读者会大不以为然地反驳我：这样写能形成强烈的对比，给人以更深刻的印象，有什么不好？好就好吧，我不想争辩。反正我相信曹雪芹不会有这样穿凿的笔墨，他是把写得"真"放在第一位的。

三　扭曲形象，令前后判若二人

我在前面说"调包计"时，已提到贾母、薛姨妈、宝钗等一些人物形象，在续书中为编故事被任意扭曲，这样的例子，在后四十回中可谓俯拾皆是。

贾宝玉虽不情愿，却乖乖地遵父命入家塾去读书。贾母笑道："好了，如今野马上了笼头了！"——这像贾母说的话吗？

一开始，宝玉看不起八股文章，他的唯一知己黛玉便劝说道：

> 我们女孩儿家虽然不要这个，但小时跟着你们雨村先生念书，也曾看过。内中也有近情近理的，也有清微淡远的，那时候虽不大懂，也觉得好，不可一概抹倒。况且你要取功名，这个也清贵些。（第八十二回）

你听听，这位从来不说"混账话"的林妹妹，现在也说起这样的混账话来了。

更有奇者，宝玉上学才第二天，塾师贾代儒要他讲经义，他就能讲得让老师认可，在讲解"吾未见好德如好色者也"（《论语·子罕》）一章时，居然已经有道学家的思路，什么"德是性中本有的东西"，什么"德乃天理，色是人欲"等等，真叫人刮目相看。

宝玉本来诗才"空灵娟逸"，"每见一题，不拘难易，他便毫无费力之处，就如世上油嘴滑舌之人，无风作有，信着伶口俐舌，长篇大论，胡扳乱扯，敷演出一篇话来。虽无稽考，却都说得四座春风。虽有正言厉语之人，亦不得压倒这一种风流去的"（第七十八回，此段文字在一百二十回本中被删）。所以他能信手即景便写出"绕堤柳借三篙翠，隔岸花分一脉香""宝鼎茶闲烟尚绿，幽窗棋罢指犹凉"一类极漂亮的诗句来。当然更不必说他"大肆妄诞"撰成的一篇奇文《芙蓉女儿诔》了。

到八十回后，宝玉完全变了个人，什么文思才情都没有了，他几乎不再作什么诗。只有一次，怡红院里在晴雯死时枯萎了的海棠忽然冬日开花，贾赦、贾政说是花妖作怪，贾母说是喜兆，命人备酒赏花。宝玉、贾环、贾兰"彼此都要讨老太太的喜欢"，这才每人都凑了四句，若论优劣，半斤八两，都差不多。宝玉的诗说：

> 海棠何事忽摧颓？今日繁花为底开？
> 应是北堂增寿考，一阳旋复占先梅。

末句说，冬至阴极阳回，故海棠比梅花抢先一步开了。你看，这像不像三家村里混饭吃的胡子一大把的老学究硬挤出来的句子？遣词造句竟至如此拙劣俗气，还有一点点"空灵娟逸"的诗意才情可言吗？说它出于宝玉笔下，其谁信之？更奇怪的是这个"古今不肖无双"的封建逆子，现在居然成了那么会拍马屁、能迎合长辈心理的孝子，这个转变也太惊人了。

还可举那个送白海棠来给宝玉及姑娘们赏玩的贾芸，他处事乖巧，说话风趣，地位卑微，没有多少文化，写一个帖子，能让人喷饭，但为人不坏。曾为了告贷，受尽了势利舅舅卜世仁的气，可行事却有理、有节、有骨气，且对其母亲很有孝心。因此，已知后半部故事情节的脂砚斋，有批语说他道：

> 孝子可敬。此人后来荣府事败，必有一番作为。

这话能和靖藏本批语称后来有"芸哥仗义探庵"事完全对应起来。可是续书中的贾芸，却被写得极其不堪，让他去串通王仁出卖巧姐，成了个十足的坏蛋。

四　语言干枯，全无风趣与幽默

谈《红楼梦》的语言问题，从广义上来说，作品的所有艺术表现方法都可包括在内，这又是可以写成一部大专著的题目。如裕瑞《枣窗闲笔》贬后四十回文字称"诚所谓一善俱无、诸恶备具之物"，便是从总体上来评价的。虽然我很欣赏和钦佩他敏锐的鉴赏眼光，但有许多人并不接受。所以我想，还是尽量将其范围缩小，只就其语言有无诙谐风趣、富有幽默感这一点上来说。

从中国文学发展史上看，富有风趣幽默语言才能的作家并不算太多。战国时的淳于髡，汉代的东方朔，都颇有名气。但他们或并无作品，或传世文章不多（不包括托名的），对后来的影响都不算很大。真正在这方面具有影响力的了不起的大作家，庄子是一个，苏东坡是一个，曹雪芹也是一个。有些大诗人如杜甫，有时也说几句幽默话，《北征》诗叙述他乱离中回家，说"床前两小女，补绽才过膝。海图坼波涛，旧绣移曲折；天吴及紫凤，颠倒在裋褐"，又说痴女儿"学母无不为，晓妆随手抹。移时施朱铅，狼藉画眉阔"等，在全首长诗中呈现出异彩，但其主体风格仍是所谓"沉郁顿挫"。后来的戏曲家善诙谐的便多些，而《红楼梦》中风趣幽默的语言，则是其他小说中所罕见的。

贾芸将年纪比自己小的宝玉叔认作干爹，处处讨宝玉欢心，他写的一篇似通非通的《送白海棠帖》，颇能看出雪芹的幽默感。其中有"上托大人金福，竟认得许多花儿匠"的话，脂批云："直欲喷饭，真好新鲜文字！"又有"大人若视男如亲男一般"的句子，批云："皆千古未有之奇文！初读令人不解，思之则喷饭。"

在制灯谜中，也有类似文字。元春做了灯谜叫大家猜，命大家也做了送去，贾环没有猜中元春谜，自己所做的也被太监带回，说是"三爷作的这个不通，娘娘也没猜，叫我带回问三爷是什么"。众人看了他的谜，大发一笑。谜云：

> 大哥有角只八个，二哥有角只两根。
> 大哥只在床上坐，二哥爱在房上蹲。

把枕头（古人枕头两端是方形的，共有八角）、兽头（塑在屋檐角上的两角怪兽，名螭吻好望，俗称兽头）拉在一起，称作"大哥""二哥"，有八个角还用"只"字，兽既真长着两角而蹲在房屋上，制谜就不该直说。凡此种种，都说明"不通"。故脂评说："可发一笑，真环哥之谜。诸卿勿笑，难为了作者摹拟。"即此也可看出雪芹文笔之诙谐风趣。

　　贾宝玉同情香菱遭妒妇夏金桂的虐待，向卖假药的江湖郎中王一贴打听，"可有贴女人的妒病方子没有？"有一段精彩的描写说：

　　　　"倒有一种汤药，或者可医，只是慢些儿，不能立竿见影的效验。"宝玉问："什么汤药？怎么吃法？"王一贴道："这叫做'疗妒汤'，用极好的秋梨一个，二钱冰糖，一钱陈皮，水三碗，梨熟为度。每日清早吃这么一个梨，吃来吃去，就好了。"宝玉道："这也不值什么，只怕未必见效。"王一贴道："一剂不效，吃十剂；今日不效，明日再吃；今年不效，吃到明年。横竖这三味药都是润肺开胃、不伤人的，甜丝丝的，又止咳嗽，又好吃。吃过一百岁，人横竖是要死的，死了还妒什么？那时就见效了。"

　　多么风趣！再如所谓能解胎里带来的一股热毒的"冷香丸"（其实"热毒""冷香"都是在隐喻人的品格），要用白牡丹、白荷花、白芙蓉、白梅等四季花蕊，加雨水日的雨、白露日的露、霜降日的霜、小雪日的雪拌和，分量都是十二之数。很显然，这是中医药行家编造的趣话，若以为真有这样的海上方，便傻了。还有贾瑞因妄动风月之情，落入凤姐毒设的相思局而得病，书中说他"诸如肉桂、附子、鳖甲、麦冬、玉竹等药，吃了有几十斤下去，也不见个动静"，就像老中医言谈，说得何等风趣！诸如此类，都只诙谐谈笑，从不炫耀自己的医药知识，却又字字句句不悖医理。这才是真正伟大的艺术家。

　　续书的作者不懂得这一点，每写一张方子，必一本正经地去抄医书，有何趣味。

　　作为出色的艺术形象，凤姐受到读者特殊的喜爱，读《红楼梦》的人，每当凤姐出场，往往精神为之一振，这是为什么？我想，凤姐总能说出极其机敏生动而又有鲜明个性特点的话来，也许是最重要的原因。"不似小家拘束态，笑时偏少默时多。"（明义《题红楼梦》诗）她敢大说大笑，调侃贾母，甚至拿贾母额头上的伤疤来开玩笑，毫无小家子媳妇不敢言笑的拘束态度，却又十分得体地能赢得贾母的欢心。这又是续书笔墨所望尘莫及的。

　　还有宝钗"机带双敲"地讥讽宝黛，黛玉指桑骂槐地借丫头奚落宝玉，为卫护宝玉喝酒，嬉笑怒骂地弄得好多事的李嬷嬷下不了台，只好说："真真这林姑娘，说出一句话来，比刀子还尖！"

　　诸如上述种种有趣的语言，续书中有吗？我们不必苛求续作者能写出多少，你只要在四十回书中能找出一处，甚至一句半句称得上精彩机智、幽默风趣的话来，就算我看法片面、有问题，可你能找出来吗？

五　缺乏创意，重提或模仿前事

　　续书作者为了要将自己的文字混充与前八十回出自一人之手，所以，除了不肯留下自己的名号外，还唯恐读者不信其为真品，便时时处处重提前八十回旧事，或模仿前面已有过的情节。其实，这样做并不聪明，只会暴露自己的心虚、缺乏自信与创意。

　　令我感到奇怪的倒是在"新红学派"出现之前的一百二三十年时间内，居然能蒙骗过大多数人，包括王国维那样的国学大师。所以，尽管胡适以及后来的许多红学家都把续书的作者认定为其实只做了"截长补短"的整理工作的高鹗——这一点缺乏证据，不能成立，已逐渐被当今一些研究者所否定；但胡适等对后四十回书乃后人续作，非雪芹原著的判断还是正确的，是有很大正面影响和历史功绩的。

续书有哪些地方是在重提或模仿前八十回情节的呢？

这太多了。你若带着这个问题去细细检点后四十回文字，那真可谓是触目皆是。这就好比一个从未到过北京而要冒充老北京的人，他说话既没有一点京腔京韵，行事也全无老北京的习惯，却在口头上老是挂着从《旅游指南》上看来的关于天安门、故宫、颐和园、王府井、长安大街等等的话头，这就能使人相信他真是世居于北京的人？除非听他说话的人自己也不知道老北京该是怎么样的。

翻开续书第一回，即一百二十回本的第八十一回，这样的地方就不下四五处之多。如宝玉对黛玉说：

> 我想人到了大的时候，为什么要出嫁？（按：类似的想头宝玉以前也表述过，且表述得更好）……还记得咱们初结"海棠社"的时候，大家吟诗做东道，那时候何等热闹！……

宝玉被贾母派了人来叫去，无缘无故地见了便问：

> 你前年那一次大病的时候，后来亏了一个疯和尚和一个瘸道士治好了的，那会子病里，你觉得是怎么样？

接着又叫来凤姐，也没头没脑地问：

> 贾母道："你前年害了邪病，你还记得怎么样？"凤姐儿笑道："我也不很记得了。但觉自己身子不由自主，倒像有些鬼怪拉拉扯扯要我杀人才好，有什么拿什么，见什么杀什么。自己原觉很乏，只是不能住手。"

还有写宝玉"两番入家塾"的第一天光景：

> 回身坐下时，不免四面一看。见昔时金荣辈不见了几个，又添了几个小学生，都是些粗俗异常的。忽然想起秦钟来，如今没有一个做得伴说句知心话的，心上凄然不乐，却不敢作声，只是闷着看书。

这些就是续书文字在刚亮相时，便喋喋不休地向读者作出的表白："你们看哪，我与前八十回的联系是多么紧密啊！"我不想一回回地去搜寻此类重复前面的地方，读者不妨自己去找。下面只想再举些在阅读时曾留有印象的例子：

薛蟠从前行凶，打死冯渊，现在又犯命案，打死张三，同样也得到官场保护，翻案免罪（第八十六回）。宝钗在等待结案期间，给黛玉写信，居然又旧事重提说：

> 回忆海棠结社，序属清秋；对菊持螯，同盟欢洽。犹记"孤标傲世偕谁隐，一样花开为底迟"之句，未尝不叹冷节遗芳，如吾两人也！（第八十七回）

曹雪芹写的"勇晴雯病补雀金裘"自然是非常精彩感人的，但到后面是否还有必要用"人亡物在公子填词"来旧事重提呢？原作之所缺是应该补的，原作写得最有力的地方是用不着再添枝加叶的。可续书作者却认为这样的呼应，可以使自己的补笔借助于前文获得艺术效果，所以他也模仿"痴公子杜撰芙蓉诔"情节，写焚香酌茗，祝祭亡灵，并填起《望江南》词来了。这实在是考虑欠周。它使我想起从前一个故事：传说李白在采石矶江中捞月，溺水而死，后人便造了个李白墓来纪念他。过往游人作诗题句者不绝，其中一人诗云："采石江边一抔土，李白诗名耀千古。来的去的吟两句，鲁班门前掉大斧。"有了《芙蓉女儿诔》这样最出色的千古奇文，再去写两首命意和措辞都陋俗不堪的小令来凑热闹，不也是班门弄斧吗？晴雯若能听到宝玉对她亡灵嘀咕什么"孰与话轻柔"之类的肉麻话，一定会像当初补裘时那么说："不用你蝎蝎螫螫的！"

雪芹写过宝玉参禅，被黛玉用语浅意深的问题问住答不上来的情节，写得很机智（第二十二回）。续书因而效颦作"布疑阵宝玉妄谈禅"一回，让黛玉再一次对宝玉进行"口试"，没遮拦地提出了"宝姐姐和你好，你怎么样？宝姐姐不和你好，你怎么样"等一连串问题。宝玉的回答，话倒好像很玄，什么"弱水三千"啦，"瓢"啦，"水"啦，"珠"啦，还引古人诗句，意思却无多，无非说只和你一个人好，你若死了，我做和尚去。所以"补考"顺利通过。前一次是谈禅，这一次是用佛家语词、诗句来掩盖的说爱。回目上虽有"布疑阵"三字，其实是一眼可以看穿的。宝玉"谈禅"我后面还将提到，这里不多说了。

雪芹曾写贾政命宝玉、贾环、贾兰三人各作一首《姽婳词》，评其优劣。续书亦效仿此情节，让这三个人来作赏海棠花妖诗，由贾母来评说。

续书写宝钗婚后，贾母又给她办生日酒宴，而且还模仿从前"金鸳鸯三宣牙牌令"情节，在席上行起酒令来。只是把三张牙牌改为四个骰子，可惜的是没有把行令的人也改换一下，依旧是鸳鸯。说的是"商山四皓（骰子名）、临老入花丛（曲牌名）、将谓偷闲学少年（《千家诗》句）"等等，应该是描写贾府败落的时候，偏又行酒令、掷骰子。情节松散游离，十分无聊，所引曲牌、诗句，略无深意，只是卖弄赌博知识罢了。这还不够，以后又让邢大舅、王仁、贾环、贾蔷等在贾府外房也喝酒行令。但续书作者对那些典卖家当、宿娼滥赌、聚党狂饮的败家子生活不熟悉，无从想象描摹他们酒席间的情景，所以只好"假斯文"地引些唐诗、古文来搪塞。

贾宝玉梦游太虚幻境的情节也被仿制了。续书让宝玉魂魄出窍，重游了一次。可是为能宣扬"福善祸淫"思想，将匾额、对联都改了，"太虚幻境"成了"真如福地"，那副最有名的对联现在被改成：

> 假去真来真胜假，无原有是有非无。

原本"真"与"假"、"有"与"无"是对立的统一，现在却将它截然分开，用"真胜假""有非无"之类的废话来替代曹雪芹深刻的辩证思想。

小说以"甄士隐""贾雨村"二人开头，有"真事隐去，假语存焉"寓意在，续作者却不从这方面想，他离不了八股文"起承转合"章法的思路，定要让首尾相"合"，所以必让二人最后重新登场，因而有"甄士隐详说太虚情　贾雨村归结红楼梦"一回，貌似前呼后应，实则大悖原意。

六　装神弄鬼，加重了迷信成分

曹雪芹虽然不可能是个彻底唯物主义者，但也不迷信鬼神。他有宿命观念，这与他所处的时代社会环境、家庭变迁及个人遭遇等都有关系。所以，小说中时时流露出深刻的悲观主义思想情绪。这一点，在宝玉梦游"太虚幻境"，翻看"金陵十二钗"册子和听仙姬唱《红楼梦十二曲》的情节上表现得最为明显（虽然这样写还有别的目的和艺术表现上的考虑）。

小说刚开头，但其中的人物与大家庭的未来，诚如鲁迅所说："则早在册子里一一注定，末路不过是一个归结：是问题的结束，不是问题的开头。读者即小有不安，也终于奈何不得。"（《坟·论睁了眼睛看》）但这只是一种局限，而局限是任何人都避免不了的。

被遗弃的补天石的经历、癞僧跛道二仙的法术、宝黛前身——神瑛与绛珠的孽缘、警幻的浪漫主义手法，大概不会有人将它们与宣扬封建迷信观念联系在一起。秦可卿离世时灵魂托梦给凤姐，向她交代贾府后事，八月十五开夜宴时祠堂边墙下有人发出长叹之声，这又是为了情节发展的特殊需要而作的安排，且在艺术表现上写得极有分寸，可以就其真实性作出各种不同的解说，也不能简单化地与迷信鬼神相提并论。

明明白白地写到鬼的，只有秦钟之死。因为这一段各种版本的文字差异较大，我想把自己的《红楼梦》校注本（浙江文艺出版社1993年版）中的有关文字全引出来，书中说：

> 那秦钟早已魂魄离身，只剩得一口悠悠余气在胸，正见许多鬼判持牌提索来捉他。那秦钟魂魄哪里就肯去，又记念着家中无人掌管家务，又记挂着父亲还有留积下的三四千两银子，又记挂着智能尚无下落，因此百般求告鬼判。无奈这些鬼判都不肯徇私，反叱咤秦钟道："亏你还是读过书的人，岂不知俗语说的：'阎王叫你三更死，谁敢留人到五更！'我们阴间上下都是铁面无私的，不比你们阳间瞻情顾意，有许多的关碍处。"
>
> 正闹着，那秦钟的魂魄忽听见"宝玉来了"四字，便忙又央求道："列位神差，略发慈悲，让我回去，和这一个好朋友说一句话就来的。"众鬼道："又是什么好朋友？"秦钟道："不瞒列位，就是荣国公的孙子，小名宝玉的。"都判官听了，先就唬慌起来，忙喝骂鬼使道："我说你们放回了他去走走罢，你们断不依我的话，如今只等他请出个运旺时盛的人来才罢。"众鬼见都判如此，也都忙了手脚，一面又抱怨道："你老人家先是那等雷霆电雹，原来见不得'宝玉'二字。依我们愚见，他是阳间，我们是阴间，怕他也无益于我们。"都判道："放屁！俗话说得好，'天下的官管天下的事'，阴阳本无二理。别管他阴也罢，阳也罢，敬着点没错了的。"众鬼听说，只得将秦魂放回。哼了一声，微开双目，见宝玉在侧，乃勉强叹道："怎么不肯早来？再迟一步也不能见了。"宝玉忙携手垂泪道："有什么话，留下两句。"秦钟道："并无别话，以前你我见识自为高过世人，我今日才知自误了。以后还该立志功名，以荣耀显达为是。"说毕，便长叹一声，萧然长逝了。

这段出现阴司鬼差的文字，用不着我来说明，脂评就有过许多精辟的批语，只需择要抄录几条就行了。他批"正见许多鬼判持牌提索来捉他"句说：

> 看至此一句令人失望，再看至后面数语，方知作者故意借世俗愚谈愚论设譬，喝醒天下迷人，翻成千古未见之奇文奇笔。

又有批众鬼拘秦钟一段说：

> 《石头记》一部中，皆是近情近理必有之事、必有之言；又如此等荒唐不经之谈，间亦有之，是作者故意游戏之笔耶？以破色取笑，非如别书认真说鬼话也。

"游戏之笔"，"非如别书认真说鬼话"，说得多好！可谓一语破的。再如批鬼都判先倨后恭的对话说：

> 如闻其声。试问谁曾见都判来？观此则又见一都判跳出来。调侃世情固深，然游戏笔墨一至于此，真可压倒古今小说！这才算是小说。

"调侃世情"，又是一针见血的话。我由衷地钦佩脂砚斋的理解鉴赏能力，并且始终不明白为什么现在竟有少数所谓研究者，老往这位对我们加深理解《红楼梦》一书作过如此重要贡献的脂砚斋身上泼脏水。我想，他们如果有脂砚斋十分之一的理解力，就真该谢天谢地了！

再看看续书所写有关情节，完全可以说是"认真说鬼话"了。

宝玉因失玉而疯癫，得玉而痊愈，这是将通灵玉当成了宝玉的魂灵，是写他自己视玉为命，以前可不是这样的。因僧道而获救是重复前面已有过的情节，已与脂评所说"通灵玉除邪，全部只此一见，却又不灵，遇癞和尚、跛道人一点方灵应矣。写利欲之害如此"，"通灵玉除邪，全部百回只此一见，何得再言"等语不合，这且不说。为寻玉而求助于扶乩（一种占卜问疑的迷信活动，骗人的鬼把戏），由妙玉来施术，请来"拐仙"，还神奇地在沙盘上写出一首诗来指示通灵玉的去处，虽小说中人不解其意，但读者却能领略其去处的神秘性。妙玉本是出身于官宦之家的普通姑娘，除了能诗和懂茶艺外并无特殊本领，现在居然硬派她来扮演巫婆的角色，让她画符念咒，装神弄鬼。

"大观园月夜感幽魂"一回更是活见鬼。先是凤姐在园内见似"大狗""拖着一个扫帚尾巴"的怪物向她"拱爪儿"，接着就碰见秦可卿的鬼魂。吓得这个原来"从不信阴司报应"的凤姐去散花寺求"神签"，签儿自动蹦出，上书"王熙凤衣锦还乡"。

下一回又写宁府"病灾侵人""符水驱妖孽"，更是肆无忌惮地宣扬封建迷信。请来毛半仙占卦问课，什么"世爻午火变水相克"，什么"戌上白虎"是"魄化课"，主"病多丧死，讼有忧惊"，还通过人物之口肯定"那卦也还算是准的"。又写贾赦在大观园里受惊，吓得躺倒在地，家人回道："亲眼看见一个黄脸红须绿衣青裳一个妖怪走到树林子后头山窟窿里去了。"于是大写特写道士如何作法事，驱邪逐妖。

"死缠绵潇湘闻鬼哭"写得阴风惨惨、鬼气森森，恐怖异常。宝玉指潇湘馆道："我明明听见有人在内啼哭，怎么没有人？"婆子劝道："二爷快回去罢！天已晚了，别处我们还敢走，只是这里路又隐僻，又听得人说，这里林姑娘死后，常听见有哭声，所以人都不敢走。"

鸳鸯上吊前见到秦可卿，并领悟"必是教给我死的法儿"，所以死后也随秦氏的鬼魂去了。

最突出的是正面描写赵姨娘"被阴司里拷打死"的场面：

赵姨娘双膝跪在地下，说一回，哭一回。有时爬在地下叫饶，说："打杀我了，红胡子的爷，我再不敢了！"有一时双手合着，也是叫疼。眼睛突出，嘴角鲜血直流，头发披散。人人害怕，不敢近前。……到了第二天，也不言语，只装鬼脸，自己拿手撕开衣服，露出胸膛，好像有人剥她的样子。

还有写凤姐"被众冤魂缠绕"。

在"得通灵幻境悟仙缘"一回中，写宝玉病危，被前来送玉的和尚救活，但他让宝玉魂魄出窍，重游一次幻境，使他领悟"世上的情缘，都是那些魔障"的佛家说教。于是把小说楔子和第五回情节都拉了进来：宝玉一会儿翻看"册子"，一会儿看绛珠草，其中也有神仙姐姐，也有鬼怪，也在半途中喊救命等等，读之，足能令人作呕半日。还遇见尤三姐、鸳鸯、晴雯、黛玉、凤姐、秦可卿等阴魂，只是太虚幻境原有的三副联额都被篡改了，成了十分庸俗的"福善祸淫"的劝世文，太虚幻境也成了宣扬因果报应迷信观念的城隍庙。

七　因袭前人，有时还难免出丑

续书中有些故事情节，不是来自生活，而是来自书本。说得好一点，就像诗文中在用典故，你可以找出它的出处来；说得不好听，则是摭拾前人唾余。

比如宝钗替代黛玉做新娘的"调包计"，不论其是否穿凿，是否真实，情节的故事性、离奇性总是有的，所以也就有了一定的可读性。但那是续作者自己构想出来的吗？倒未必。比曹雪芹早半个多世纪的蒲松龄，其《聊斋志异》中有《姊妹易嫁》一篇，就写张氏以长女许毛家郎，女嫌毛贫，不从。迎娶日，彩舆在门，坚拒不妆。不得已，终以其妹代姊"调包"出嫁。这一情节，还不是蒲氏首创，赵起杲《青本刻聊斋志异例言》谓："编中所载事迹，有不尽无征者，如《姊妹易嫁》《金和尚》诸篇是已。"的确，冯镇峦评此篇时，就提到姊妹调包的出处：

> 唐冀州长史吉懋，取南宫县丞崔敬之女与子项为妻。女泣不从。小女白母，愿代其姊。后吉项贵至宰相。

可见，"调包"之构想，已落前人窠臼。

再如黛玉焚稿情节，全因袭明代冯小青故事。小青嫁与冯生为妾，冯生妇奇妒，命小青别居孤山，凄惋成疾，死前将其所作诗词稿焚毁，后其姻亲集刊其诗词为《焚余草》。记其事者有支小白《小青传》等多种，亦有好几种戏曲演其故事。

"施毒计金桂自焚身"则套的是关汉卿《感天动地窦娥冤》杂剧，差别只在恶棍张驴儿欲毒死蔡婆，而结果反毒死了自己的父亲，而悍妇夏金桂欲毒死香菱，而结果反毒死了自己。

最能说明问题的其实还是诗词。

明清时，小说中套用、移用古人现成的诗词，作为散文叙述的点缀或充作小说人物所作的诗词的现象是相当普遍的。《红楼梦》续书也如法炮制本算不了什么问题，只是曹雪芹没有这种写作习惯，《红楼梦》前八十回也不用此套，所以置于同一部书中，前后反差就大了。

比如写黛玉见旧时宝玉送的手帕而伤感，说：

> 失意人逢失意事，新啼痕间旧啼痕。

对句用的是秦观《鹧鸪天》词："枝上流莺和泪闻，新啼痕间旧啼痕。"

宝玉去潇湘馆看黛玉，见她新写的一副对联贴在里间门口，联云：

> 绿窗明月在，青史古人空。

也不说明出处，令读者误以为是续作者代黛玉拟的。其实，它是唐代著名诗人崔颢的《题沈隐侯八咏楼》诗中的原句。沈隐侯即沈约，他在任东阳郡（今浙江金华市）太守时建此楼，并于楼中写过《八咏诗》，后人因以此名楼。《八咏诗》的第一首是《登台望秋月》，故崔颢凭吊时感慨窗前明月景象犹在，而古人沈约已不可见，只留下历史陈迹了。续作者取古人之句充作自己笔墨不说；还让黛玉通过联语忽发思古之幽情，泛泛地慨叹"今人不见古时月，今月曾经照古人"，似乎也没有必要。

写黛玉病中照镜，顾影自怜说：

> 瘦影正临春水照，卿须怜我我怜卿。

这是全抄冯小青《焚余草》中的诗。诗云："新妆欲与画图争，知在昭阳第几名？瘦影自临春水照，卿须怜我我怜卿。"这首诗很有名，故演小青故事的戏曲有以《春波影》为名的。续作者竟撮拾此类，滥竽充数，以为可假冒原作，实在是太小看曹雪芹了。

黛玉窃听得丫头谈话，说什么王大爷已给宝玉说了亲，便心灰意冷，病势转重，后来知是误会，病也逐渐减退，续作者感叹说：

> 心病终须心药治，解铃还须系铃人。

这又是小说中用滥了的俗套。系铃解铃，语出明代瞿汝稷《指月录》。

第九十一回宝黛"妄谈禅"，黛玉说："水止珠沉，奈何？"意思是我死了，你怎么办？宝玉要回答的本是：我做和尚去，不再想家了。但他却引了两句诗来作为回答：

> 禅心已作沾泥絮，莫向春风舞鹧鸪。

这次拼凑古人诗就不免出丑了。"禅心"句，虽然是和尚写的，却是对妓女说的。苏轼在酒席上想跟好友诗僧参寥开开玩笑，便叫一个妓女去向他讨诗，参寥当时就口占一绝相赠，说："多谢樽前窈窕娘，好将幽梦恼襄王。禅心已作沾泥絮，肯逐东风上下狂？"怎么可以用宋人答复娼妓的话来答复黛玉呢，不怕唐突佳人？黛玉从前听宝玉引出《西厢记》中的话来说她，又哭又恼，说是宝玉欺侮了她，怎么现在反而不闹了？想必是黛玉书读少了，连《东坡集》及《苕溪渔隐丛话》之类的书也没看过，所以不知道。我在想，将《红楼梦》说成就是"青楼梦"、金陵十二钗就是秦淮河畔十二个妓女的欧阳健，实在不必引袁子才把黛玉当成"女校书"（妓女）的"糊涂"话来为自己作证，他大可振振有词地说："你看，贾宝玉都认为林黛玉是妓女，你们还不信！"

"莫向"句出自唐诗。《异物志》云："鹧鸪其志怀南，不思北徂（往），南人闻之则思家，故郑谷诗云：'坐中亦有江南客，莫向春风唱鹧鸪。'"（《席上赠歌者》）唐时有《鹧鸪天》曲，故曰"唱"。不知续作者是记性不好，背错了唐诗，还是有意改歌唱为舞蹈，说什么"舞鹧鸪"，谁曾见有人跳"鹧鸪天舞"来？如此谈禅，真是出尽洋相！

还有凤姐散花寺求神签，求得的是"第三十三签，上上大吉"，签上有诗云：

> 蜂采百花成蜜后，为谁辛苦为谁甜？

这是抄唐罗隐《蜂》诗："采得百花成蜜后，为谁辛苦为谁甜？"它与"到头来，都是为他人作嫁衣裳"同一个意思。这样明确表述白白地辛苦一生的极不吉利的话，怎么可以写在"上上大吉"的签上呢？这是连基本常识都不顾了。

诸如此类，还不包括指明是"前人"所作的"千古艰难唯一死，伤心岂独息夫人"（第一二〇回）清初邓汉仪诗。可这样的例子，在曹雪芹写的前八十回中是一个也找不到的（行酒令用的"花名签"之类戏具上多刻《千家诗》中句，非此例）。雪芹非但不喜移用前人现成之作，恰恰相反，倒自拟以托名，将自己写的说成是古人写的。

如秦可卿卧房中的所谓"宋学士秦太虚写的"对联：

> 嫩寒锁梦因春冷，芳气笼人是酒香。

秦观，字少游，一字太虚，号淮海居士，"苏（轼）门四学士"之一。这副假托他手迹的对联只是雪芹学得很像的拟作，并不出自秦观的《淮海集》。

再如为表现探春风雅志趣而写的她内房中悬挂的一副对联：

> 烟霞闲骨格，泉石野生涯。

说明是唐代著名书法家"颜鲁公墨迹"。颜鲁公，即唐大臣颜真卿，代宗时封鲁国公。《全唐诗》存其诗一卷，并无此两句，也是雪芹的拟作。

这一方面固然因为作诗、拟对本雪芹平生所长，所谓"诗才忆曹植"（敦敏《小诗代简寄曹雪芹》），根本无须借助他人之手；另一方面也与他文学创作的美学理想有关，或者说与他文德文风大不同于流俗有关。

小说第二十二回"制灯谜贾政悲谶语"的原稿，在惜春谜后"破失"。雪芹未动手补写就突然病逝了。此回因此断尾。脂评只记下宝钗谜诗一首，并无叙述文字；后由旁人将此回补完。有两种不同的补写文字。其中一种特自以为是，将宝钗谜改属黛玉，又另增宝玉的镜谜和宝钗的竹夫人谜各一首，为程高本所采纳。宝玉的镜谜云：

> 南面而坐，北面而朝。
> 象忧亦忧，象喜亦喜。

后两句语出《孟子·万章上》。"象"，本人名，舜之异母弟，在谜中则是"好像"之义。我在读冯梦龙《挂枝儿》一书中发现了此谜，梅节兄则看到更早一点的出处，原来在李开先《诗禅》中也有。很难设想曹雪芹会将已见李开先、冯梦龙集子中的谜语，移来充作自己的文字，还特地通过本该"悲谶语"的贾政之口喝彩道："好，好！猜镜子，妙极！"居然毫无愧色地自吹自擂。曹雪芹地下有知，看到这样几近乎剽窃他人的补法，也许会摇头说:"这太丢人了!"

八　续书功过,看从什么角度说

我谈论续书,给人的印象大概是全盘否定的。所以,当我有时提到续书的整理刊行者程伟元、高鹗有功时,便使一些也持否定看法的朋友大不以为然,认为我自相矛盾,想与我争论续书何功之有。同时,另一些肯定续书或基本肯定的人,则仍认为我的看法太偏颇,竟把续书说得全无是处。

看来,这确是个不容易让人人都满意的问题。

我不存让大家都认可的奢望,也不想迁就各种议论,无原则地搞折中。我以为论续书之得失功过,全在于你从什么角度说,而且以为要做到公允,还必须理智地全面地考虑问题,不能情绪化,也不能只从一个角度去想。

《红楼梦》既然"书未成",是一部残稿,那么是世上只留存八十回好呢,还是有后人续写四十回,使之成为"全璧"好呢?

先不论哪种情况更好些,且说说如果没有程高本的刊行,《红楼梦》能在社会上得到如此长期、广泛、热烈的反响吗?小说的影响能像今天这么大吗?不能。我想这是不争的事实。另一方面,它也误导了广大读者,长期以来,让多少人误以为《红楼梦》就是如此的。这也是事实。可就在这样读者长期受蒙蔽,后来又得研究者指点,逐渐知道后四十回非雪芹原著的状况下——不管你指斥续书是阴谋篡改也罢,是狗尾续貂也罢——《红楼梦》仍被公认为中国古典长篇小说中最优秀的一部,而不是半部。

这究竟应当作怎样解说呢?

我想,这首先说明曹雪芹的伟大,他写得太出色了,前八十回文字太辉煌了,光芒能直透后四十回,也就是说后面的文字沾了前面的光。续书只要写某个人,无论是宝玉、黛玉、宝钗或凤姐,读者头脑里就会立即闪现他们鲜明的个性形象,从而关心起他们的命运来,这在相当程度上能弥补后面叙述的平庸、干枯和缺乏想象力;只要续作者不是存心与原作者唱对台戏,读者就会把后来写的那个人当作还是原来的那个人在说话、行事。

《红楼梦》一书的续书最多,不算今人新续的,也至少不下十几种,有的曾流传过一段时间,后来找不到了,如写贾宝玉与史湘云结合的那一种。续书有如此多的数量,这是中外文学史上独一无二的现象。

为什么其他续书都没有程、高整理的续书那样幸运呢?

原因之一是它们不满意或不满足于程高本后半部带有悲剧性的结局,要改弦易辙,另起炉灶,却又思想观念极其差劲。正如鲁迅所说:"非借尸还魂,即冥中另配,必令'生旦当场团圆',才肯放手者,乃是自欺欺人的瘾太大,所以看了小小骗局,还不甘心,定须闭眼胡说一通而后快。"(《坟·论睁了眼睛看》)他们都署有自己名号(当然是"笔名"),没有再打曹雪芹的牌子,倒也有想打曹雪芹牌子的(如逍遥子),可又太愚蠢,手法太过拙劣,没人相信。这样,不留自己名号,经程、高整理的续书,就借了曹雪芹原著之光,得以风情独占了,尽管它是以假作真的。

"假冒",本来是个坏字眼,对商品来讲,质量也一定是坏的。但对写《红楼梦》续书来说，"假冒"，就意味着要追踪原著，尽量使自己成为一名能以假乱真的出色模仿者。这不但不坏，而且还是续作者应该努力追求的一个重要目标。

那么，程高本的后四十回在这一点上做得怎么样呢？

以我们今天占有的作者生平、家世和有关此书的资料的条件，对雪芹原来构思和佚稿进行研究所积累起来的成果去要求乾隆时代的人是不切合实际的。因为当时有些资料还看不到，如清档案和作者友人的诗文，对有些资料又认识不到它们的重要价值，如脂评及其提供的佚稿线索。所以在很大程度上，他只能在比我们今天更黑暗的环境中摸索。好在曹雪芹的小说前后是一个有机的整体结构，人物的命运、故事的结局，在正文中往往先有预言性的话头、谶语式的暗示，给续作者悬想后半部情节发展以某种程度的指引。

贾府是彻底败亡的，人物的各自悲剧也环绕着这个大悲剧展开。这一点续作者或者没有看得很清楚，或者虽隐约意识到了，却又没有那样描述的自信，因为他没有那样的经历和体验，无从落笔；或者还受到头脑里传统思想观念的左右，觉得写成一败涂地、悲惨无望不好，从来的小说哪有那样结局的？如此等等。所以就走了一条较便捷的路，即只就宝、黛、钗的爱情婚姻为主线来写，觉得这样有章可循，有前人现成的作品题材可参照。

所以，我想续书改变繁华成梦的主题、不符合原著精神等种种问题，是出于续作者在思想观念上、生活经历上、美学理想上、文字修养上都与曹雪芹有太大的差距，无法追踪蹑迹地跟上这位伟大的文学天才，倒不是蓄意要篡改什么或有什么阴谋。我在其他文章里谈到某一具体问题时，也说续书篡改了这篡改了那，那只是说它违背了雪芹这方面那方面的原意，不是说续作者一开始便整个地反对原作意图而存心背道而驰。

正因为续作者有这么一点追随原作思路的动机，所以在他与雪芹各方面条件都相差极大的情况下，仍能在后半部故事情节中保持相当程度的悲剧性。其中最重要的当然是让黛玉夭亡、宝玉出家和宝钗最终守寡，尽管在写法上已知与雪芹原来的构思有别；还有其他大观园的女儿，也有一部分写到她们的不幸。这就已经很不容易了。续书能长期被许多读者不同程度地认可，甚至误认其为雪芹手笔，这就是最主要的原因。你可以比较《红楼梦》十几种不同续书，单纯从语言文字水平看，它们未必都低于程高本续书，可是就因为续写的出发点不对，结果都只能是"闭眼胡说一通"，根本无法与之争锋。

总之，只要你不认为雪芹这部残稿没有必要再去续写，就让它断了尾巴好了，或者偏激地认为有后四十回续书比没有更坏（确实也有一些人这样认为），那你就得平心静气地承认续作者和整理刊刻者所做的工作都还是有价值、有意义的，不能否认他们都是有功绩的。这样说，并不妨碍你在研究时以严厉的态度去批评续书的短处，包括续作者、整理者对前八十回文字的妄改。

也许有人会想，断尾需要续写没有问题，但是否有可能写得更好些，亦即更符合曹雪芹原意些呢？我想，在乾隆时代应该是有这种可能的，只可惜实际上并没有那样的人出现。越到近代，到今天，这样的可能性就几乎没有了，最根本的一条是我们已无从体验那个时代环境中的那种生活了。就算我们可以研究出比续书所写更符合曹雪芹八十回后佚稿的人物结局和故事情节的大概，这也无济于事。难道仅凭这些就可以进行再创作了吗？任何一部世界文学名著，都能找到介绍它情节内容梗概的文字，可是谁又能据此再写出一部与原著水平相当的作品来呢？

今人已有好几位不满旧续的作者作过这样的努力，并且已出版了自己新续的书。我对他们的热情、执着，表示理解和敬意。但我一种也没有读过。不是先抱有成见，不想读，我也曾试着去翻看，当我读到贾府中人进宫去探望元春，就像今天我们乘坐公交车、出租车或者开着自己的车去探亲访友一样方便时，我就再也读不下去了。如果那几位新续的作者，早就是我的要好朋友，并事先知道他们的打算，我一定会尽力劝说他们放弃这种努力。因为你对雪芹创作原意的理解和对后半部情节发展的合理构想是一回事，要写出来又是另一回事。哪怕你的理解再深刻、再正确，构想再符合脂评对佚稿线索的提示，你也无法重写续书去取代二百多年前写成的、不很符合雪芹原意的后四十回续书。编个结尾不同的舞台剧本、影视剧本倒有可能，因为它与小说的要求很不相同，只是要编得成功，得到广大观众的认可，也很不容易罢了。